蓮花公寓

三坪生活的幸福練習

れんげ荘

Mure Yoko
群陽子

涂紋凰 譯

1

京子漫步在以前上班時，曾經為了參加歡迎會、送別會去過的那個城鎮。就在四十五歲第一次決定離開老家獨立生活的一天，腦海中浮現的正是這座城鎮。車站前因為都市更新而充滿高樓大廈，但稍微走遠一點，就能看到老舊的住宅區分布其中。車站周邊有許多穿著入時的年輕人，也能看到不少像是老居民的熟齡人口。

（如果是在這裡的話，應該可以隱身於人群中平靜地生活吧。）

對於自出生以來便在東京長大的京子來說，這是她首次按照自己的意願選擇居所。

京子出生並成長於東京都西北側的一處公司宿舍。不過，那些記憶僅存於相簿中的照片，京子自己根本不記得了。她的父親是一名工程師，日復一日埋首於工作。母親從學校畢業後一直在家幫忙，透過相親與父親結婚後便成為全職主婦，從未有過工作經驗。她將家務處理得井井有條，家裡內外乾淨得一塵不染，玻璃窗總是被擦得亮晶晶。大兩歲的哥哥個性溫和悠哉，像是個典型的富家少爺，而京子則常被鄰居說：

「活潑到像是連哥哥的分都一起用掉了呢！」

京子三歲時，一家人搬到了車站對面，位於幽靜的住宅區內的新建住宅。住在公司宿舍只需支付低廉的房租，但京子的母親費盡心思說服父親，終於買下這棟房子。雖然是五棟兩層樓房其中之一，對當時來說仍算是頗有格調的住宅，擁有寬敞的庭院和五房兩廳的格局。在她上幼稚園時，甚至曾經想過：

（我們家是不是很有錢？）

家境富裕，是因為父親努力工作。然而自有記憶以來，京子與父親見面的次數少之又少。父親幾乎從不在星期天外出，對京子來說父親就是這樣的存在，因此她也不曾特別想和父親一起出門玩。

「爸爸努力工作，我們才能住上這樣的房子。接下來也請你繼續努力工作喔。」

母親總是帶著愉快的心情，哼著歌打理家務，讓整個家裡光潔如新。某次和母親到車站前的商店街購物時，碰見曾經住在員工住宅同樓層的人。京子記得母親臉上自豪的神情，對方表面笑著，卻露出複雜的表情。直到小學高年級的時候，京子才知道雖然住在看似豪華的房子，但家裡其實並不算富裕。同一個住宅區的鄰居車庫裡停著賓士等高檔進口車，而自己家則是停著一輛破舊的國產車和腳踏車。每逢假期，周遭一片寧靜。因為鄰居通常都會全家出國旅行。京子家少數幾次的家庭旅行，幾乎都是近郊的行程。鄰居都知道京子家從不出國旅行，因此外出的時候，常會拜託京子家處理郵件，而「報酬」就是從國外帶回的紀念品。

「好，我知道了。路上小心。」

當鄰居來拜託看家的時候，母親總是微笑著應對，關上門後卻會生氣地抱怨：

「就因為我們家都不出門旅行，才會被人看不起！」

接著會大聲說：

「萬一搭飛機發生意外，那人生就完了。我們待在家裡最好。」

京子在這個家裡，度過了國中、高中和大學的歲月，甚至在就業後也繼續住在家裡。因為京子在市中心的廣告代理公司上班，通勤時間不到一小時，所以從未考慮過搬出去住。而且自己就算什麼都不做，母親也會為她準備三餐，形成一個自動運作的循環，京子並不想去打破它。

「京子，你們公司是怎麼回事？一般來說，不都是男人比較忙嗎？怎麼妳每天回家都這麼晚，還連假日都得去上班。好不容易在家，只是打掃房間跟洗衣服假期就結束了。根本像妳爸一樣。妳哥哥雖然偶爾會因為應酬而晚回家，但基本上八點多就回來了。」

母親脫口抱怨。以前父親即使放假，還是會在大學時期的朋友公司兼職，做程式設計的工作。一切只因母親一直催著要盡快償還房貸。周圍的鄰居大多已經繳清貸款，只有他們家卻還在付房貸，母親覺得很丟臉。明明是母親逼得父親過度勞動，卻又對父親幾乎不在家，不對，應該是無法在家感到憤怒。有一次，京子受不了這樣的情況，生氣地對母親說：

「還不是媽媽老是說那些話，爸爸才會被逼得放假還得兼職吧。」

母親回嘴：

「原本以為薪水會越來越高，但計畫卻完全亂了。妳爸的責任就是工作賺錢，這是沒辦法的事啊。」

然後還接著說：

「要是你們學壞，那就是我的責任，但沒錢就是妳爸的責任。」

雖然父親的工作並非低薪，職等也符合資歷。不過，包含房貸在內的生活費和教育費，負擔確實沉重。支付長達二十五年的高額房貸，對普通上班族來說一定很吃緊。

「其實我們家根本不需要住這麼大的房子。」

「妳在說什麼啊。妳自己住在這樣的房子裡，不是一直都能跟同學炫耀嗎？明明就覺得很好。」

京子並不這麼認為。即便家裡有什麼問題，母親總是堅持「自己沒有錯」。

哥哥開口說：

「因為京子他們公司亂七八糟啊，所以才會這樣。」

「亂七八糟？」

「就是不是憑實力啦。」

對於哥哥的這番話，母親露出似懂非懂的複雜表情。京子所處的行業確實亂七八糟。廣告本身就有某部分是謊言。透過巧妙的謊言誘導消費者購買產品。許多活動企劃，連京子自己也不知道有什麼意義。然而，身為公司的一分子，她仍然必須按照指示完成工作。京子的工作幾乎跟創意無關，每天都耗在跟客戶應酬。當時的社會正處於泡沫經濟的鼎盛時期，每天都搞不清楚為什麼要喝到這個地步，為什麼要這樣做，還是在高級的店裡跟客戶狂飲。公司交際費根本無上限。

剛從學校畢業兩三年的小女生，卻擁有使用幾十萬日圓交際費的權力。客戶不走，自己也不能走，酒席上當然也不能缺席，自然而然就只能到深夜才能回家。甚至，有時客戶還要求安排不正當的女性應酬，讓京子差點哭出來。因為京子還年輕，甚至被當成不正當應酬的對象，光是從這種邀約脫身就已經費盡心力。即便如此，京子還是沒有讓這些情緒影響工作。

能幹的京子獲得器重，得到客戶的信任，在公司內部也獲得好評，職位提升之後薪水跟著提高。京子團隊的交際費、資料費沒有上限，但她卻忙得連購物的時間都沒有。因為沒時間慢慢試穿，總是聯絡常去的商店，先幫忙挑好商品，有空的時候去看，決定好再請店家直接送到家裡。在外人看來，可能會覺得京子是從事媒體相關行業的能幹女性。然而，隨著時間流逝，京子開始對這樣的生活產生懷疑。年輕時認為這些都是一種經驗，所以全心全意投入工作。而且認為應酬也是工作的一環，所以總是在找新穎又會讓客戶開心的店。

「不愧是京子啊！」

每當被這樣誇獎的時候，當下會非常高興。不過，在心裡某個角落，又覺得有點不對勁。即便如此，自己還是被捲入巨大的漩渦之中，一年又一年在相同的循環中時間悄然流逝。

母親總是自我陶醉地說：「今天又有好幾通房仲的電話，一直有人想買我們家的房子呢。房價看來漲了不少。」

泡沫經濟崩盤的時候，父親過世了。他在公司突然感到身體不適，被送往醫院後就過世了。享年五十五歲，病因是心肌梗塞。母親經常掛在嘴邊的話就是「不能讓鄰居看不起」、「我們家只能靠爸爸了」、「生活費捉襟見肘」、「就努力到繳完房貸吧」。父親似乎已經被洗腦。京子也覺得自己每日做這些非必要的應酬，還認為那是工作的一環，一定也是被某種價值觀洗腦了。

父親去世前兩年，京子偶然注意到剛從乾洗店拿回來的父親的西裝，看起來十分破舊，看起來就是典型的中年老頭的服飾。

「妳應該幫爸爸注意一下的。」

就算京子對母親這樣說，「沒關係，爸爸穿這個就夠了。日子不好過嘛，就把衣服穿到破為止吧。」母親還是這麼回答。

雖然善於做家事的母親，會仔細用刷子清理西裝，但這件西裝怎麼看都已經不適合父親的年紀了。然而，母親自己卻每年都會買新的上衣和裙子。當京子對此提出質疑時，母親總是稀鬆平常地說：

「爸爸一大早出門，半夜才回家，鄰居根本看不到他穿什麼。但是我可不行，老是穿同樣的衣服會被鄰居看笑話。」

京子心疼父親，於是趁著父親節送他襯衫、領帶，還給父親零用錢去添購西裝。父親收到後十分開心，襯衫和領帶都有用上，但依然輪流穿著那些破舊的西裝。後來，父親過世後，京子在父親書桌的抽屜裡發現仍然裝在信封袋，分文未動的西裝添購費。這筆錢最終並未回到京子手中，而是被母親據為己有，拿去補貼生活費了。

父親剛過世時，母親變得有點歇斯底里。她摸著父親的遺體大哭：

「你這個傻瓜，為什麼非得那麼拚命工作！」

父親一輩子沒享受過什麼樂趣，一直辛苦為家庭工作，最後竟然在還清房貸的同時去世。母親的話，讓京子打從心底覺得憤怒。

（什麼都推到爸爸身上，要不是妳整天嘮叨房子和錢的事情，爸爸根本不用這麼拚命工作。）

父親的離世，讓京子內心的某些東西崩塌了。在即將邁入三十歲之際，她謊稱因為工作太忙導致健康出問題，成功從業務部門調職到行政部門。這下終於擺脫奉承、應酬和熬夜的日子。雖然開始按時下班，但隨之而來的是另一個問題。每晚回家後，她不得不聽母親不斷地抱怨。母親的抱怨有幾種固定的模式。

「爸爸除了工作，什麼都不會。忙到死還拚命工作，真是傻瓜。」

「別人家的夫妻成雙成對地出去玩，我一個人出門很丟臉，所以哪裡都不敢去。」

「如果哥哥和京子再不結婚，身為父母的我真是無地自容。快點讓我含飴弄孫吧。」

「商店街那個賣蔬菜的老闆，好像對我有意思，總是說些挑逗的話，真是下流！」

每次聽到這些話，京子只覺得都是一些令人嘆氣的內容。剛開始還會勉強附和幾句，但母親總是沒完沒了地重複這些話，讓她覺得快要崩潰。每當京子忍不住生氣時，母親不但不反省，還會惡人先告狀向哥哥抱怨：「你看京子竟然對我說這麼難聽的話！」

哥哥了解母親的性格，總會巧妙地調解，但對京子來說，母親就是她生活中的一根刺。

為了逃避母親的抱怨，京子也曾考慮搬出去獨自生活。然而，如此一來，她就無法辭掉工作。行政工作雖然在體力上輕鬆許多，但她發現女同事之間總是在說別人壞話或喜歡聊八卦，這讓她越來越覺得困惑。以前她經常在外跑業務，從未意識到公司內部會是這樣的情況。嫉妒、比較、憤恨，甚至涉及外貌和私生活。讓她只能無奈地嘆氣。

就在這個時候，京子看到一檔電視節目，介紹一位住在紐約的美國女性。她厭倦了每天出席各種派對的光鮮生活，乾脆辭掉工作。身上剩下每月十萬日圓，可以用三十年的儲蓄。京子因此下定決心改變。以前只要出新款包包就會心動，但是自從看到未來的展望之後，就不再動搖。從此之後，京子一心一意地存錢。幸運的是，以前工作太忙，她幾乎沒時間花錢，因此存下了不少積蓄。即使提前退休，應該也能拿到一筆退休金。京子為了重新調整自己的生活，開始極力削減開支，盡可能簡樸地生活。越是能忍耐，離職、離家生活的日子就越近。對京子來說，這一天令人充滿期待。就這樣過了三十多歲、四十歲的日子，每次看到櫃檯的派遣女員工比起工作更熱衷於尋找另一半，京子就想嘆氣。哥哥結婚時，媽媽還挖苦她說：「家裡還有個嫁不出去的女兒，真丟臉。」

她忍耐這一切，閉上眼睛，決心一定要離家生活並且離職，就在願望即將實現之前，迎來必須離開家生活的契機。原本已經出去住的哥哥一家，提議與年近七旬的母親同住。京子知道母親常在電話中向哥哥撒嬌說：

「一個人好寂寞，生活真無聊。」

這些話京子早就聽慣了，不過哥哥向來比自己更孝順。大嫂的個性比哥哥更神經大條，就算母親是在挖苦她，也是一年後才反應過來：

「話說回來，媽那時候是在挖苦我嗎？」

這種個性的人，就算一起生活應該也會很平順吧。而京子這個被嫌棄的剩女，終於可以毫無牽掛地搬離家裡。到了四十五歲，終於可以重啟自己的生活了。

星期六，京子穿著西裝走進一家房地產仲介，一名年輕的男性員工禮貌地接待她。二十三年來，一直穿著西裝工作，因為總是和公司高層來往，看起來頗有幾分氣勢。

「我想找一間公寓，離車站遠一點也沒關係。」

「您的預算大概是多少呢？」

他一邊從抽屜裡拿出檔案，一邊問道。

「最好在三萬圓以內。」

「啊？」

「三萬圓。」

「這樣啊。請問是哪一位要入住？」

「我本人。」

「……啊，好的。這個嘛——」

他將手中的檔案放回原處，起身走到辦公室深處，與一位看似上司的男人低聲交談。他看了京子一眼，用下巴指了指房間角落的架子。年輕員工於是從架子上的箱子裡翻找，拿出幾張紙遞給京子。

「這些房子租金大概都落在四萬圓左右。我們這裡沒有符合您預算的房子。」

「現在連學生都很奢侈。這樣的房租，根本找不到房子。這附近應該是找不到喔。」

那位上司這樣說。

「我明白了，打擾了。」

京子離開店面時，那兩人什麼話也沒說。她心想，他們一定在猜測，這個女人到底在想什麼，覺得很不可思議吧。不知道為什麼，被這樣想反倒讓她覺得有些愉快。

接連去了第二家、第三家房地產仲介，京子都受到類似的待遇，最後走到遠離商店街的地方。她漫無目的地閒逛時，在住宅區的路邊發現一塊生鏽的房地產仲介招牌。原本以為是廢棄的招牌，但走近一看，發現只有三張榻榻米大小的店面，一名穿襯衫打領帶的微胖老人坐在裡面，用電暖爐在烤年糕。

「那個……我想找公寓。」

「妳說什麼？」

「找、公、寓！」

「啊，公寓啊。現在還有嗎？我也不知道呢。」

老人將還沒烤好的年糕放回盤子裡，從辦公桌的抽屜裡拿出一張紙。

「房租的預算是多少？」

「大概三萬圓。」

京子用洪亮的聲音回答。

「三萬圓啊……這可難找了。不知道有沒有，我想想啊。」

老頭自言自語，抓了抓頭髮。

「啊，對了。」

他從另一個抽屜，翻出一張平面圖。

「這裡的話，月租三萬圓。所有費用全包。但我實話實說，像您這樣的人可能不太適合住這種地方。」

「沒關係，我覺得沒問題。」

「是嗎？」

原本看起來很普通的老人，突然眼神銳利地盯著京子。那是一種做生意多年，磨練出的敏銳眼神，像是在確認她的決心，這讓京子不禁感到緊張。

「不過呢，現在還有住戶在住，所以也不是不能住人的狀態。不過啊，這可是非常老舊的公寓。夏天可能還算涼快，但風會從縫隙灌進來，而且廁所跟淋浴間是共用的。房間是六張榻榻米大小，有一個壁櫥。廚房只有半張榻榻米喔。」

老人拿出的平面圖，雖然看不出公寓的老舊程度和縫隙的情況，但空間對一個人生活來說，已經足夠了。

「房子建好多久了？」

「那是幾年來著？很舊了喔。嗯……應該超過四十年了吧？說不定都五十年了。本來有過重建的計畫，但房東身體狀況不好就作罷了。後來房東的女兒接手管理，結果這個女兒的身體狀況也出了問題。後來就一直維持現狀。地點就在這附近。」

他用大拇指指了指自己身後。這種被遺忘的老公寓，正好符合京子的想像。

「我想去看看。」

「咦？妳說這棟房子嗎？三萬圓的話，應該也只有這裡了。不過如果妳覺得可以，我也沒話講。」

老人費力地站起身。

「不好意思打擾您用餐。」

「嗯？啊，沒事沒事。以前還會吃那種放了好幾個月、硬得像石頭的年糕，用烤的或煮的。不過像妳這種年輕人可能不知道這種吃法吧。」

京子苦笑了一下，對這個老人來說，自己的確算年輕。

從仲介的店面步行約三分鐘，便來到位於住宅區深處的「蓮花公寓」。夾在兩棟昔日豪宅之間，二樓隱沒在茂密的樹木中，看起來的確像是被遺忘的建築。淺褐色的外牆到處都有被黑色噴漆塗鴉的痕跡。對那些胡亂塗鴉的人來說，這棟公寓似乎不是有人住的地方，只是塊破木板而已。

「就是這裡了。」

老頭的語氣中透著一絲「妳覺得怎麼樣？」的意思。

「很棒！」

「很棒？居然說很棒。原來妳想找這種地方啊。」

老頭拉開幾乎毫無作用的黃銅門把，右邊依序排列著三扇門。從入口起，木製拉門上分別貼著一號房、二號房、三號房的門牌。

「這邊是起居室，另一邊是廁所和淋浴間。」

廁所是傳統的和式磁磚風格，淋浴間則像是從小學游泳池旁邊搬來的空間，大約只有一張榻榻米的大小。

「住在這裡的都是什麼樣的人呢？」

「二樓沒人住。偶爾會有貓沿著屋頂爬進來。一號房住著一個年輕小伙子，三號房是個住了很久的女人，大家都叫她熊姐。還有後面那間，應該說是倉庫吧，住了一個年輕女孩。嗯，算是個怪人吧。」

面對入口的最深處的房間門上，沒有貼任何門牌。空著的二號房比想像中還要好一點。榻榻米也換過了，雖然老舊但整理得還算整潔。

「比我想像的乾淨多了，榻榻米也有換新。」

「畢竟我們受託管理這裡嘛，就算再舊，要拿來出租的話，該做的還是得做，不然怎麼收得到房租呢。」

木框窗戶並不好開，試了幾次都打不開。

「不好開窗反而比較安全。晚上睡覺的時候，要是有人想開窗，肯定會把妳吵醒。」

老人似乎逐漸轉換成推銷這間房子的模式，讓京子覺得很有趣。費了一番工夫終於把窗戶打開，潮濕的泥土和雜草的氣味撲面而來，石頭上還長滿苔蘚。

「雖然叫蓮花公寓，但這裡開不了蓮花。不知道當初為什麼取這個名字。」

老人又開始自言自語道。整棟建築都是按照舊時的尺寸設計，壁櫥和房間的大小對一個人生活來說綽綽有餘。

「我很喜歡這裡。」

「哦？是嗎？那真是太好了。」

走到外面時，三號房的拉門敞開著，一位盤起白髮的年長女性正用懷疑的眼神望向這邊。

「熊姐，妳好、妳好。」

「啊，午安。」

被老人稱作熊姐的女性露出微笑。曬得黝黑的臉上，透著光澤。

「我帶客人來看房子。」

「哦，是嗎？」

她看著京子的臉，輕輕點了點頭。

「她決定住這裡了。」

「哇，這樣啊。」

她露出有些驚訝的表情。

「之後我會再正式來拜訪的。」

京子這樣說，她低頭致意：

「妳太客氣了。」

從正面看去，她的頭髮全是白的，但頭頂到後腦勺，夾雜著黑色與咖啡色的髮絲。

兩人合力關上入口那扇有些卡住的門後，便回到店裡。簽約需要付兩個月的房租，老人把按天計算的尾數刪除：

「就當是我的一點心意，減免一些費用。」

「鑰匙等正式簽約時再交給妳。這段期間我會去找房東的女兒拿租賃合約。鑰匙放哪去了？總之正式簽約的時候，我會找出來。」

看起來是那種插進鎖孔裡轉幾圈的老式鑰匙，即便真的不見了，應該也能輕鬆再配一把。

「那就拜託您了。」

京子走出那個房仲店面。

「好！」

她立刻打起精神。

回到家後，京子打算確認自己所有的物品，便打開衣櫥和抽屜式衣櫃，瞬間覺得頭昏腦脹。「蓮花公寓」的二號房根本不可能裝下她所有的東西，大部分的物品都得處理掉。到底該從哪裡開始下手呢？正當她感到茫然時，樓下傳來了多雙拖鞋的走路聲，還有母親的說話聲。

「都是因為哥哥說了這種話，才害得京子不得不搬家！」

母親又在抱怨。明明自己才是促使哥哥提出同居想法的始作俑者，卻一副全是哥哥的錯的樣子。外面傳來敲門聲，哥哥探頭進來。

「京子，真是抱歉。」

「對啊，都是你的錯。本來媽媽我一個人住沒問題，你非要提什麼同居，害得京子得搬家。」

其實京子知道母親最大的願望就是和哥哥全家住在一起。母親想把兒子留在自己身邊，聽她發牢騷，照顧她、寵著她。

「沒事，你別放在心上。」

「奶奶——」就在這個時候，樓下傳來姪子和姪女呼喊母親的聲音。

「來了來了，我馬上下去！」

確定母親下樓後，哥哥對京子說：

「妳以前每個月都給家用，接下來暫時不用擔心錢的事，我會處理的。」

「嗯。」

「告訴我新地址，也跟媽媽說一聲。」

京子把「蓮花公寓」的地址寫下來交給哥哥。她擔心寫上「蓮花公寓」會讓人起疑，所以只寫門牌號碼：

「8-12-3-2」

寫下號碼後遞給哥哥。

「你知道我的手機號碼吧？」

哥哥點了點頭，看起來並沒有覺得可疑。畢竟地址位於東京都內有名的住宅區，他或許以為京子是要搬到一個不錯的地方。

「有什麼事情就聯絡我吧。」

哥哥說完便關上房門。

（他肯定不會想到，我要去住那個蓮花公寓吧。）

京子笑了出來。

清理物品真的很麻煩。因為沒有告訴母親自己已經辭職，假裝是請假在家整理。母親看到她的聯絡地址也毫不懷疑，甚至悠哉地說：

「鋼琴怎麼辦？如果要搬去的話，得找業者來處理呢。」

「應該會有人彈，就留著吧。」

十七層的女兒節人偶怎麼辦？還有當初為結婚準備的喪服、和服，參加婚禮收到的瑋緻活茶具要不要帶走？母親不停地問這些瑣碎的事情。

「有需要的話我再回來拿。」

京子這麼說，母親才勉強接受。

再一次環視房間，映入眼簾的是大量的物品。

「這些東西……到底該怎麼辦？」

為了搬到蓮花公寓的二號房，不得不處理掉這些東西。學生時代用到現在的桌椅和床要帶走；書架有兩個，只能留下其中一個。問題是衣服。當初因為工作，京子一直都在趕流行，五、六年前的衣服還好說，但兩三年前的衣服實在難以割捨。

「嗯……要怎麼辦才好呢？」

她拿起一件衣服，在鏡子前比劃著，忽然意識到這樣下去永遠無法整理完。

「不能放在身上比劃，得下定決心用客觀的眼光來看。」

自己到底是為了什麼才辭職？不是為了重整過去的生活嗎？既然辭職也不打算再工作，還需要西裝之類的外出服嗎？

「可是，這套西裝當初花了十五萬圓，這件襯衫我也非常喜歡……」

京子凝視著堆積如山的衣服，終於下定決心。

「不要再眷戀上班族的身分。」

她在房間裡分出「丟掉」、「帶走」、「賣掉」三堆衣服。剛開始，帶走的那堆最多。

「啊，不行，這樣不行。」

她反覆調整好幾次，直到帶走的那堆變得最少，再來才是賣掉和丟掉的小山丘，完成理想的狀態後，才終於感到滿意。鞋子和包包也因為是搭配那些要處理掉的衣服而不再需要，房間裡出現一座巨大的「賣掉」山丘。京子找到之前放在信箱裡的回收店傳單，打了一通電話，業者立刻派人過來。母親和哥哥全家剛好出門購物，時間真是抓得剛剛好。

「衣服是一般尺寸吧？長度有修改過嗎？」

業者以驚人的速度完成估價。因為超人氣品牌的東西很少，包括書架、家具和雜物在內，最終只是以「一堆多少錢」的方式估價。業者一個人迅速將書架、家具、衣服和雜物搬上車，並在母親一行人回來之前離開。京子雖然有些感傷，但她告訴自己：

「這樣很好。」

儘管如此，要搬去蓮花公寓的衣物仍裝滿大小兩個行李箱。她發現，光靠兩個行李箱過日子的生活還是無法實現。

最後，她用一輛小型貨車搬家。搬家日選在母親絕對不會缺席的插花活動那天。母親生氣地說：

「為什麼偏偏選今天搬家啊？」

「沒辦法啊，因為工作關係，只能選今天。」

京子撒了大謊。

「趁父母不在家偷偷搬家，簡直像個小偷。」

穿著素色和服的母親一邊嘀咕，一邊出門。京子站在二樓空蕩蕩的房間裡，看著母親小跑步趕往車站的身影。

搬家公司派來的大叔看到蓮花公寓，直接愣住。

「是這裡……沒錯嗎？」

「是的，沒錯。一樓的二號房。」

「啊，這樣啊……」

大叔一個人俐落地卸貨，將行李搬進室內並安置好。

「謝謝您。」

京子道謝之後，大叔一邊回禮一邊說：

「最近很亂，妳還是鎖好門窗比較好。妳看，有些地方的監視器根本沒有作用。妳可以在這邊裝一個試試看。」

他指了指拉門外的位置。

「是啊，可能真的需要裝一個呢。」

「那我先告辭了。謝謝惠顧！」

搬家大叔深深鞠躬後離開了。從今以後這裡便是自己要生活的地方。六張榻榻米大小的房間，外加一個小廚房。世界上有很多人靠年金在生活，而京子則是靠存款生活。每個月從存款裡領十萬圓當作生活費。只要嚴格遵守預算，應該就可以支撐到八十歲。如果活到超過那個年齡，錢就會用光。京子忽然感到一陣不安。這個年紀辭職的她，要再找到工作幾乎不可能，就連兼職工作都未必能做。

「呼——」

她坐在床上，抱著膝蓋嘆了口氣。這樣真的好嗎？公司的人都以為她是為了讓職涯更進一步而辭職。完全沒有人覺得她可能是因為結婚辭職，這多少讓她感到意外。

「接下來要去哪裡工作？」

「沒有要去哪裡工作啊。」

京子忘不了，當她這樣回答的時候，同事和後輩露出愕然的表情。同事們雖然口口聲聲說討厭工作，但每次見到那些讓他們厭惡的上司，卻總是笑臉相迎地說：

「部長，謝謝您的指導！這是我發現的新店，希望您會喜歡。」

大家都知道，從事行政工作的女員工們，表面上相處得其樂融融，但這些人對不在場的人滿口抱怨。心裡甚至充滿嫉妒。然而京子並沒有因此輕視她們。這些人即使口頭上抱怨連連，卻仍然選擇在公司裡繼續工作。自己就這樣放棄穩定的薪資收入，真的好嗎？她抱著膝蓋，將身體往後倒。眼前是老舊的木質天花板。

「這邊的座位可以嗎？請隨意挑選您喜歡的紅酒。」

「關於之前的活動，可以繼續進行嗎？謝謝您，那我會立刻安排，稍後再聯絡您。」

這些宛如戲劇台詞，對客戶講過幾百次的話，竟不經意地從嘴裡順暢地說出來。腦海裡浮現那些從別人那裡聽到的同事間的種種閒話。二十三年職場生涯的沉積物，似乎已經滲透了京子的全身。

「啊……真是討厭，快點離開我的身體吧！」

京子搖晃著身體。自己一定要在蓮花公寓重生。那個被奉承、假笑、化妝與流行服飾的鋼鐵盔甲包裹的自己，已經不再適合這個地方。

為了轉換心情，京子從行李中取出了三條準備用來拜訪鄰居的毛巾。她先來到一號房，但似乎沒有人在家。三號房的門微微敞開約五公分，從縫隙中可以看到那位被喚作「熊姐」的女性正專心閱讀女性雜誌。

「您好！」

當京子輕輕敲了拉門後，她露出一副驚訝的模樣，急忙地闔上週刊雜誌，透過門縫看到是京子之後：

「啊，前幾天見過妳。」

她一邊說一邊打開門。

「我姓笹川，今天搬過來，特地來打聲招呼。」

「唉呀，真是太客氣了，謝謝妳。我姓熊谷，請多指教。」

熊谷女士接過京子遞上的毛巾，舉到額頭的高度，恭敬地鞠了一躬。

「其他住戶大約什麼時候會在家呢？」

「嗯……一號房的年輕人，齊藤他好像說過星期三會休假。至於這邊的小姐，我就不清楚了。」

熊谷女士指了指後面的房間門。

「了解了，以後請多關照。」

當京子正準備轉身離開時，熊谷說：「啊，等一下！」

她走回房間，拿來一個裝著東西的塑膠袋。

「這是防蟑螂的硼酸丸，是我自己做的，效果還不錯哦。可以放在房間的角落。」

京子還來不及推辭，塑膠袋便被塞到手裡。

「那、那我就不客氣了。」

「這可不是什麼需要客氣的東西哦。在這裡，硼酸丸可是必需品。」

熊谷曬黑的臉上泛著光澤：

「那就這樣嘍。」

隨後關上了門。

2

每天早上七點，京子都會自然醒。在公司上班的時候，早上七點一定會先起床，如果下午才上班，會再睡一會兒；若有早上要開會，她就會準備出門，這樣的作息已經成為習慣。但在離家生活幾年前，因為覺得在家和母親面對面很煩，即便下午才需要上班，也會謊稱有工作，跑到公司附近的咖啡店吃早餐。

「妳昨天也很晚回家耶。這種作息不規律的工作妳打算做多久？」

「隔壁家的兒子又換了一台新車，這樣揮霍，真不知道他們是怎麼教育孩子的。」

「仔細一看，京子妳也老了呢。妳看，這裡都長皺紋了。不要做那種表情，會更明顯哦。」

「趁還能生小孩的時候，趕快結婚吧！對了，之前我看電視上講到『年輕型更年期』，妳還好嗎？」

一日之計在於晨，每天吃早餐都聽到這些話，即便再有食慾，也會消失殆盡。京子心中暗暗咒罵，還是低頭默默吃著母親準備的飯菜。當母親因為參加插花活動不在家時，京子甚至會想高喊：

「萬歲！」

然後舉雙手慶祝。然而，即便現在已經從煩人的場景解脫，卻仍然習慣性地早早醒來，真是太慘了。自己的身體尚未習慣現在的生活。

（這樣下去真的可以嗎？還是這只是一場夢？該不會是我忘了某件重要的工作？）

她從床上坐起來，認真想了想，但怎麼想也沒想到什麼預定的工作安排。畢竟，自己現在可是沒有工作的人。

「我可以一整天什麼都不做，就待在這裡啊。對，因為我辭職了，不用再面對那些找結婚對象比工作更認真的煩人派遣員工、說一套做一套的同事，還有那些令人討厭的大叔客戶們了。」

京子往前伸出雙手，用力舒展身體。

「唔——」

到底是要繼續睡，還是起床活動，讓她猶豫不決，只好繼續躺在床上。窗外傳來各種麻雀的叫聲，有的嘰嘰叫、有的啾啾叫，有些尖銳、有的柔和，京子這才注意到原來麻雀有這麼多種叫聲。

一號房依舊靜悄悄，三號房傳來電視聲。她拿起遙控器打開電視，才發現電視節目的聲音和鄰居同步。覺得被發現和鄰居看一樣的節目很不好意思，為了不被察覺，京子將音量調低。電視裡介紹一家讚岐烏龍麵店的老闆，曾在一流公司工作，但不顧妻子的反對毅然決然地開店。他以前必然是個穿著合身西裝的人，但畫面裡的老闆穿著藍染的工作衣，頭上綁著毛巾。完全看不出來以前上班族的樣子，表示他已經徹底融入美味烏龍麵職人的生活了吧。

電視裡傳來女記者高亢的聲音。一般人聽到可能會輕鬆地想：「哦，原來有這樣的店啊。」「改天去吃吃看吧。」但京子卻不由得開始分析老闆的心理狀態。畢竟還有家人，他當初應該很不安吧？難免會與妻子有爭執。轉戰完全不同領域，尤其是飲食業，應該很辛苦吧……一個接一個的念頭在腦海中閃過。

「啊，不行不行。」

京子搖了搖頭。明明已經辭職搬家換了環境，為什麼還是會想這些事呢？她一邊安慰自己可能是剛搬家還沒適應新生活，一邊又對無法果斷放下過去的自己感到不耐煩。

「這就是我以後的生活了，這是我自己選的啊。」

京子喃喃自語地看著電視，發現正在播放自己的星座，說今天是最幸運的一天，這才讓她稍微感到開心。

她又仰躺在床上。視線落在房間角落，電話線路的插座空著。雖然帶了筆電，只要插上線就能用網路，不過等電視看膩之後就很可能一整天窩在房間裡上網。看到旅行時用的棕色小鬧鐘，她不禁想起以前的生活。這個時間應該在電車上吧？到終點站前的那一站會有大批乘客下車，車廂稍微空出些空間，她這時候會鬆一口氣。對了，有個大叔經常坐在她前面。總是津津有味地看著體育報紙上的色情小說。今天他應該也毫不避諱地在看那些帶有妖豔女性插畫的小說吧。公司裡的學妹們應該已經到辦公室，在更衣室裡互相稱讚對方的服裝和飾品，交流美甲沙龍和聯誼的資訊……京子越想越煩躁，突然坐起身。

「這跟我有什麼關係啊！」

是覺得懷念嗎？

「才不是懷念呢……只是……」

明明是自己的選擇，卻還是對這裡的生活感到格格不入。既有種解脫的感覺，又同時感到不安。即使一直穿著睡衣也沒人會說什麼，但京子還是起床，換上無染色的純棉褲和藍白條紋長袖T恤。畢竟不換衣服去共用廁所感覺還是有些奇怪。這裡的衛生紙要自己準備，所以京子拿著捲筒衛生紙打開門，剛好遇見從廁所出來的熊谷女士，她穿著紫色格紋睡衣和藍色夾腳拖鞋。

「早安。」

「早安，真不好意思，在廁所跟妳打招呼。咦，妳要出門嗎？」

「沒有。」

「喔，這樣啊？妳一大早就會起來換衣服啊。」

「我想說去廁所穿睡衣不太好，所以……」

不等她說完，熊谷女士就插話了：

「不用在意啦。住在這裡的大家都不會介意這種事。這裡唯一的男性住戶可能會對我穿睡衣有意見，但妳完全沒問題啦。要一直換衣服太麻煩了，我都怕換到一半會憋不住，所以就穿著睡衣出來啦。哈哈哈。」

熊谷女士豪爽地笑了笑，然後回她的房間。

老舊的共用廁所和淋浴間，京子原本還有點擔心，但其實打掃得非常乾淨，看起來很舒適。開著的小窗透進綠意和微風。入口旁貼著一張紙，「請保持廁所、淋浴間清潔。管理員」上面用流暢的字跡寫著這段話。看來是房地產管理公司定期清掃。架子上還常備著除臭噴霧。

京子徹底解放之後回到房間，一邊看著電視一邊發呆。節目已經轉為播報悲慘事故的新聞了。她一邊瞄著畫面，一邊簡單地吃完麵包和咖啡當作早餐。雖然簡單，但她還是盡量精心挑選食材。想想以前在家時，桌上會擺滿三種麵包、火腿煎蛋、牛奶、柳橙汁、水果、優格和咖啡，再加上插著鮮花的花瓶，整張桌子像飯店的早餐一樣豐盛，跟現在這種簡單的餐點比起來真是天差地別。吃完的碗盤也很快就洗好了。

「……」

好像已經沒什麼事可以做了。京子呆呆地看了一會兒電視，卻發現播的全是令人沉悶的悲慘新聞。她深吸一口氣，打開有點卡的窗戶，一陣微風混合著麻雀、烏鴉的鳴叫聲吹進來。她從及腰的窗戶往道路的方向看，看到許多人匆匆忙忙地路過公寓前往車站。有急匆匆狂奔的年輕上班族、悠閒散步的中年男子、頻頻停下確認大提包內容物的中年婦女，還有揹著肩背包一邊打著電話一邊慢慢走的年輕女子。所有人都在上班的路上。有一對老夫妻正在緩緩散步，就這樣被趕路的人群超越。「我就是想過那樣的生活啊。」京子回過神來，發現自己還殘留著那個年輕上班族般的神經緊繃感。

一直這樣看電視也不是辦法，京子開始思考今天的計畫。畢竟對周圍環境不熟悉，所以決定先到附近散步。一找到目標就突然開始充滿幹勁。搬家過來時辦理手續的區公所分所，裡面放著居民服務指南和生活手冊，甚至還附有地圖。地圖上面顯示步行不到十分鐘就有一間圖書館，真是太好了。京子關上卡住的窗戶，穿上樂福鞋走出房間。

仍有許多人朝車站方向走去。京子朝著和這些人相反的方向走去。越是遠離車站，老房子就越多。這些老宅都佔地寬廣，以前應該是豪宅聚集的地區吧。一路往前走，雖然沒看到身影，卻能聽到從庭院傳來汪汪的狗叫聲，那些小狗正在為主人勤奮工作。這裡的房子每一戶都各具特色，充滿居住者的巧思。有些房子的入口設有迷你玫瑰花拱門；有些是擁有灌木矮牆的日式住宅；還有西班牙風格的房子；庭院樹木中隱約能看到貓咪蜷縮坐著的樣子，彷彿一幅視覺陷阱的畫；也有庭院一角堆滿了隨意放置的舊木板和工具，反而增添幾分韻味。京子不禁再次感慨，自己的老家建築經過母親的精心打理而一塵不染，雖然寬敞，但格外無趣。

前往圖書館的路上，京子一點也不覺得無聊。即使每天經過這條路，也絕對不會感到厭倦。圖書館位於住宅區內，是一棟小巧的兩層樓建築。推開門進去後，京子不禁屏住了呼吸。雖然也有兩三名帶著嬰兒的年輕母親，但大部分都是高齡人士。報刊雜誌區的座椅全被坐滿，大家都戴著眼鏡專心閱讀。自習區裡，有人堆了一疊歷史書正在做筆記，也有人翻著俳句書籍，若有所思望向天空。除了圖書館職員，館內沒有一個同齡的人。

（也是啦，這個時間大家都在工作嘛。）

京子一邊在館內閒逛，一邊想著自己既不像送丈夫和孩子出門後完成家務、稍作喘息的主婦，也不像帶著幼兒來的母親，那麼在他人眼中會是什麼樣的人呢？現在心裡還沒足夠的餘裕去閱讀充滿文字的書籍，於是走到攝影集的書架前拿起一本書。那是一本收錄了三十個國家的普通家庭日常生活的攝影集。每個家庭將所有物品搬到屋外，拍成一張照片。京子不禁想起自己搬家時，對滿屋的雜物感到震驚。這些東西到底是怎麼塞進去的？而且其中大部分的物品都沒有使用過。京子辦了一張圖書館借書證，借了這本書才離開。

朝車站方向走去時，途中經過一所幼稚園。外面聽到孩子們的歌聲。一些不想回憶的往事浮現在腦海。讀幼稚園時，母親希望京子能像哥哥一樣，考進某所名校的附屬小學，於是為年幼的京子請了家教。母親不知從哪裡得知，入學考試時可能會要求唱〈山羊郵差〉，便讓京子唱到聲音沙啞；因為禮儀也很重要，母親不許京子與活潑淘氣或說話粗魯的孩子玩。母親規定京子只能和某某小朋友玩，甚至會對不合自己心意的孩子說：不要跟我們家京子玩。當時的京子還是孩子，只知道照做，但事後回憶起來，覺得無比憤怒。母親的努力最終還是白費，小學考試沒通過時，母親唉聲嘆氣，然而京子雖然還小卻鬆了一口氣。母親不斷向父親嘮叨京子沒考上的事，甚至說：

「京子沒哥哥那麼聰明，早知道這樣，就應該多花點錢疏通關係。」

父親則回了一句：「孩子健健康康就好，別那麼嘮叨。」之後便不再作聲。京子覺得一定是從那時起，自己就成了母親眼中那個不合心意的問題女兒。

車站前與圖書館的氛圍截然不同，到處都是年輕人。他們穿著時尚的流行服飾，從上午就無所事事地閒晃。京子完全無法知道這些究竟是什麼人。自己在別人眼中，一樣是個看不出身分的人，卻又無法融入任何群體。在走過擁有一排小商店的商店街時，京子想到要買一台烤箱，於是進了某家標榜便宜的電器行，看到一台烤箱只賣三千日圓，感到驚訝不已。這樣的價格對京子的經濟情況來說非常友善，而且還能用來做一些簡單的料理。京子以前在家裡從不需要自己購買電器，所以完全不知道價格。

（如果是這樣的話，說不定我能繼續活下去。）

京子既欣慰又有些悲傷。她接著到一家有機食品店採購了蔬菜、起司等食材，雙手抱著購物袋和書回到公寓。

有一位年長女性正在清潔廁所，京子正想打招呼，卻從背後聽到有人大聲說：

「妳好啊！」

是房地產仲介的那位先生。

「你好。」

戴著長至手肘橡膠手套的女人點了點頭。

「這是我女兒。」

「承蒙您關照。」

「我才要麻煩您多關照。」

看起來很和善的五十多歲女性。浴室和廁所如此乾淨，全是託這個女人的福。

「還以為妳會嫌這個地方不好，搞不好早就逃走，所以過來看看。」

「你又亂說話，真失禮。對不起呀。他沒有惡意。」

女兒拚命道歉。

「我是真的很滿意，請放心吧。」

「哈哈哈，那就好。有什麼問題就跟我說，能辦到的我一定幫，辦不到的我就沒辦法了。」

「好了，不要再說這些不正經的話了！真的很抱歉，抱歉啊。」

女兒一臉正經，誠惶誠恐的樣子讓人覺得很好笑。

「好的，我知道了。如果有需要，我一定聯絡。」

「好，那就拜託妳了！」

京子低頭道別，回到了自己的房間。隔壁傳來電視聲。看來熊谷女士也只能看電視打發時間吧。京子把食材放進小冰箱，從箱子裡取出新買的烤箱，安置在廚房的檯面上。然後把箱子折疊好，再把包裝的保麗龍丟進不可燃的垃圾袋裡，完成這些之後就沒什麼事情可做了。每當完成一件事，就再也想不到接下來該做什麼，這讓京子苦笑不已。

以前在公司工作的時候，無論做多少事情，工作永遠做不完，總是被沒完沒了的工作追著跑。反觀現在每完成一件事情，就只能發呆到想到下一件事為止。究竟是忙碌好還是悠閒好，京子自己也說不清楚。但至少有一件事是肯定的，那就是現在沒有任何需要急著處理的事情。

「來掃地好了。」

京子拿起掃帚和畚箕，迅速地打掃起榻榻米地板。比起老家鋪著毛絨地毯的木地板房間，這裡打掃輕鬆多了。五分鐘就能搞定。

「來看書好了。」

京子噗哧地笑了出來。不知道為什麼，每當她決定要做什麼事情，就不自覺地說出來。

展示三十個國家普通家庭的所有物品，國家之間的貧富差距一目了然。在發展中國家，一家人的物品雖然少得可憐，卻足夠生活。有的家庭只鋪著墊子，完全沒有家具這種東西。相比之下，日本的家庭則堆滿各式各樣的小東西。書中並沒有誇飾，這些雜物在日本是司空見慣的光景。老家滿是雜物的儲藏室，裡面不知道塞了多少東西。一定有很多連家人都想不起來的東西。

「原來如此。」

京子一邊點頭，一邊闔上書。在還書之前，肯定會反覆翻閱這本書好幾次吧。

第一次聽到一號房裡傳出聲音。是樂團決明子的名曲〈櫻花〉。京子想到自己還沒跟隔壁的齊藤先生打過招呼，便拿著準備好的毛巾開門，剛出門就看見熊谷女士正賣力地打掃門前的地板。

「啊，妳好。」

「隔壁的房間裡有聲音，我可以過去打招呼嗎？」

熊谷女士拿著掃帚，「喔，那我跟妳一起過去吧。」
她直接走到了一號房門前喊道：
「齊藤～齊藤～，起床了嗎？可以打擾一下嗎？」
同時用力敲著門。
「來了。」
裡面傳來小小聲的回應，門就打開了。一位瘦削、打扮時髦的年輕人，睡眼惺忪地站在門口。
「剛起床啊？」
「嗯。」
「這位是剛搬到二號房的笹川小姐，記得多關照哦。」
「妳好，我是齊藤。」
話都被熊谷女士說完了，京子也只好跟著說：
「你好，我是笹川，請多多指教。」
此時，「砰」的一聲，玄關的架子上有東西掉下來。是一雙懶人鞋。這是一雙古銅色鞋面，裝飾著橘色和黃色的珠子及亮片，看起來非常華麗的鞋子。

「啊！」

齊藤慌張地把它撿起來，試圖塞回原位，然而在這個過程中，又一雙腳後跟有綁帶的涼鞋掉下來。

「啊啊！」

他慘叫了一聲。京子本來還以為他可能是和女友同居，但她背後的熊谷女士怒吼：

「你還留著這些東西啊？真是的，快點扔掉。怎樣，還念念不忘嗎？就算聞這些鞋子的味道，她也不會回來！」

「……我才……沒聞味道呢。」

「那就趕快丟掉。年輕小伙子留著女鞋，會被人懷疑是變態的喔！不然，讓我這個阿姨幫你丟掉好了。」

熊谷女士伸出手，但齊藤急忙回應：

「不用，我自己來。我先失陪了。」

他低聲說完，微微鞠躬後關上了門。熊谷女士笑著說：

「唉，年輕的時候總會有很多苦衷。我先走啦。」

然後回到自己的房間。

「謝謝妳。」

京子道謝，房間裡隨即傳來一個爽朗的聲音說：

「不客氣！」

又沒事情可以做了。京子不禁伸手拿起了電視遙控器。如果只是呆呆地看著電視，可能就這樣混過一天了。不過，如果長期這樣，自己可能會和榻榻米融為一體，變成另一種生物吧。她想著一定得做點什麼，卻又無所事事，這種情緒反覆幾次後，她乾脆仰躺在榻榻米上。像這樣大字形攤開手腳，是幾十年前的事情了呢？小時候應該經常這麼做，但長大後就忘了。雖然家裡也有一間和室，但母親總在那裡擺放自己漂亮的插花作品，還會嚴厲告誡她不要在那裡躺著，實在很難看。說到這個，最後一次在榻榻米上隨意躺著，是在旅行時投宿的旅館裡。儘管當時很想一直躺下去，母親卻說這樣太懶散，不准她一直躺著。跟躺在床上不同，躺在榻榻米上有一種特別的解脫感。京子躺在榻榻米上的時候，開始想：

「沒錯，現在我什麼都不必做。」

一旦鬆懈下來，就對沒有事情做的自己感到非常不安。這種心情估據了百分之九十三，要讓剩下的百分之七戰勝實在很難。

「習慣就好，習慣就好了。」

京子告訴自己，就當作是請了特休，不要再去想自己必須做點什麼。

在榻榻米上躺了一會兒，京子突然想外出走走。既然已經決定住在這裡，就該好好探索一下周圍。這次她選擇上午沒走過的路，朝車站方向走去。和圖書館那條路的房子不同，這裡的房屋似乎是把一大片土地分割開來後建造的，建築顯得又窄又高，廉價的建案住宅排成一列。房子之間的距離近得好像一伸手就能從窗戶拿到鄰居的東西。讓人覺得似乎沒有在管建蔽率的規定。這些房子前面擺著兒童腳踏車和塑膠玩具。不知道是不是家裡有嬰幼兒，小孩嚎啕大哭、跺腳的聲音都傳到外面了。這些廉價的建案住宅，或許是某些年輕夫妻投入所有上班的積蓄，甚至借用父母的錢，才勉強買下的吧。對京子而言，這些房屋就像舞台上的佈景。外表看似穩固，但背後只靠幾根木棒撐住，稍微有個風吹草動就可能隨時倒塌。

「有個風吹草動就倒塌的不只這些房子，蓮花公寓也一樣吧。」

就算真的遇上大地震，只要還有一條命，自己還能像寄居蟹一樣，再去找適合自己的新殼。沒有背負債務的她，至少還能輕鬆自在。

走過這些廉價住宅區和低樓層公寓，經過一家二手商店後，京子來到站前的商店街。這裡沒有像蓮花公寓那樣的建築，倒是有好幾家給年輕人逛的古著店，而且似乎很受歡迎。店外的花車裡擺放著超薄的印花上衣，每件只賣五百日圓。京子瞄了一眼，發現裡頭的顧客全都很年輕。這些商店的老闆大多也是二十多歲到三十出頭的人，她以前在廣告公司工作時，曾看到過相關的數據。年輕人不會穿一件衣服穿很久，而且市面上也少有那種值得長期穿搭的衣服。京子賣掉的那些衣服，應該也正掛在架上賣吧。不過，自己手邊已經沒有能賣出去的衣服，這樣反而更加自在。

捲髮造型、岩盤浴、玻尿酸注射……這些事情，京子早已不感興趣。雖然不認為「什麼都不做」是最好的選擇，但對那些跟風去嘗試流行、購買熱門產品並因此感到滿足的日子，她已經回不去了。以前有個經歷過泡沫經濟時期的同事曾經感慨地說：

「那時候真快樂啊。」

當時一點也不快樂的京子只覺得：「是嗎？」隨波逐流的人，可以快樂地順著河水漂流；但途中醒悟過來、試圖逆流而上的人，便會感到現實的艱辛。不假思索地隨波逐流，或許能更善於迎合潮流，也更容易獲得幸福。而京子則是到了這把年紀，才終於下定決心。

「這個決定，到底是好還是壞呢？」

她輕輕笑了笑，走在散步途中，撫摸著靠近她的小型臘腸犬的頭，還對趴在磚牆上、折疊前腳蜷縮成一團、表情很有威嚴的胖貓說話。這條路十分有趣。

走在商店街裡，許多發傳單的人站在路邊。不只有年輕人，也有年長者。

以前不曾這麼覺得，但現在拿到免費送的小額貸款面紙，心中竟有些欣喜。如果走在前面的女性能拿到面紙，自己卻沒拿到，就會對傳單的內容產生強烈好奇心。忍不住會去猜測，自己與對方之間的差異究竟是什麼。

在車站的另一側，有一座小公園。小公園坐落在房屋與房屋之間，裡面有一個小花圃、一張長椅以及供孩子們玩耍、附有把手的鴨子搖搖椅。長椅上坐著一名約三十歲、穿著Polo衫和牛仔褲的男子，手握著一瓶有水的寶特瓶。鴨子搖搖椅的旁邊則有兩個小女孩在地面上排花瓣玩耍，旁邊還有一名手扠腰站立的男子，看樣子是孩子們的父親。他的目光緊盯著長椅上的男子，顯然對他充滿警惕。京子覺得兩個男人都很可憐。一個只是想坐在長椅上放鬆，卻被懷疑意圖不軌；另一個則是為了保護可愛的女兒，不得不對陌生人產生疑慮。路上還有腳踏車貼著「看到可疑人物，請立即通報」、「家長會巡邏隊」的標誌。表示人們變得愈加猜疑彼此。

「說不定我也是可疑人物之一呢。」

如果碰巧被一個猜疑心重的人盯上，覺得自己是每天在附近徘徊的中年女子，那確實無法辯解。畢竟自己的確是沒工作又住在廉價公寓的中年女子。

「說不定我正在被偷偷跟蹤呢。」

她突然有一種成為小說主角的感覺。回頭一看，一位載著孩子的母親，戴著安全帽，滿臉愁容地賣力踩著腳踏車的踏板。

回到房間後，她有些茫然，突然聽見西塔琴的聲音從某處傳來。仔細一聽，聲音來自走廊深處的某個房間。京子想起熊谷女士曾提到過的那位「讓人摸不著頭緒的小姐」，似乎今天在家。有事情做的京子，拿起毛巾走出房間。從那個沒有任何門牌的房間，傳來叮叮噹噹西塔琴的音色。

「妳好。」

她敲了敲門，但不知道是不是對方沒聽到，裡面沒有回應。於是她稍微提高音量，又敲了一次，這才聽見琴聲變小。

「是——誰啊？」

一位女子的聲音回應。

「我是搬到二號房的新住戶，我姓笹川。過來打個招呼。」

本以為門會打開，卻只聽見對方說：

「請進。」

京子有些忐忑地握住把手，輕輕往後一拉，「哇！」

她不禁嚇得往後退了一步。

3

打開門之後，一張與京子腰部齊高的床上，躺著一位頭頂綁著丸子頭，插著一根紅色圓珠髮簪的年輕女子。她穿著民族風的柔軟上衣搭配牛仔褲，而非睡衣。女子仍保持仰躺的姿勢，只是轉過臉來說：

「妳好。」

「啊，妳、妳好……」

京子有些語無倫次，目光不由自主地被房間吸引。她本以為這應該是一間像樣些的房間，但這完全就是個倉庫！房間只比三張榻榻米大一點，有一扇小窗戶。一整面牆都是架子，上面塞滿了衣服、鞋子、包包、收錄音機和CD。一件用粗毛線編織的外套掛在衣架上，已經鬆垮得像一張網子。房間的各個角落都放滿帶有亞洲風格的布料和雜貨，顯得擁擠不堪。

京子將毛巾遞給對方，並自我介紹：「我是剛搬到二號房的笹川，請多多指教。」

「我叫小夏，請多指教。」

對方則懶洋洋地躺著，伸手接過毛巾這樣說。

「妳身體不舒服嗎？」

「沒有啊……完全沒有。只是這裡太小了，不這樣躺著就沒地方待。」

「啊，是這樣啊……」

「這個啊，看起來像床，但其實只是個架子。」

她坐起身，掀開鋪在身下的布露出架子，裡面塞滿了生活用品。

「這個啊，也是撿來的舊棉被，自己套上床罩再用。妳知道嗎？往那邊走一點有很多豪宅，扔掉的東西都還不錯。這樣就能睡得很好，對我來說已經足夠了。」

「這樣啊……妳真厲害。」

京子愣愣地回應。

「我沒什麼錢，這裡房租才八千日圓。」

「廚房呢……」

「沒有。我又不做飯，都是外食。」

「欸……」

京子連續說了好幾次「欸」，最後道聲：「打擾了。」

說完這句話便關上了門。她完全無法想像，門後竟然是這樣的景象。

在那種只有一扇小窗戶的倉庫裡待著，不會覺得煩悶或窒息嗎？小夏曬得皮膚黝黑，雙眼明亮有神，是典型五官立體的美人。她的頭髮沒有染過，整個人透著一股亞洲女性的氣質。年齡大概在二十五歲左右吧？熊谷女士似乎不太喜歡她，可能是曾經有過什麼摩擦吧。不過，小夏整天在那麼狹窄的地方躺著，腿真的不會萎縮嗎？京子腦海浮現各種想像。

回到房間後，京子靠著床坐下，心想自己也沒有資格說小夏奇怪。兩個人之間只是房間寬敞程度不同，本質上並沒有太大區別。小夏只能整天躺在床上，而自己則能靠著床稍微舒展一下，差別只有這樣而已。再說，自己也是因為沒事做，才像現在這樣發呆。

當初那麼想要重新開始新生活，現在真的實現了，卻發現自己身上那些二十多年來養成的上班族習性根本甩不掉。搬到這裡之後，明明什麼都不需要做，卻還是忍不住去尋找要做的事。

「我得做點什麼。」

等到再次確認自己真的什麼都不用做時，心裡一邊鬆了口氣，一邊又被那份無所事事的空虛感壓得喘不過氣來。雖然覺得總有一天會習慣，但現在才過一個禮拜，根深蒂固的習慣還是無法輕易改變。

「這就像是精神上的排毒吧。」

當身體正在排毒時，可能會長痘痘，或者會有段時間感到不適。現在可能就是那樣的時期吧。等過一陣子，毒素完全排出後就沒事了。不過，京子並不確定，這只是她的期望。

她泡了杯咖啡，拿起為了斷絕他人聯絡而放著不管的手機。高中時期的好友真由傳來一封郵件，似乎是因為電話聯絡不上她而感到擔心。接著，又看到了一封標題為「媽媽」的郵件。她點開來看，郵件裡面寫著：

「我想去看看新公寓，請告訴我方便的時間。媽媽。」

她記得母親應該是沒有手機的，八成是因為搬去跟哥哥全家同住後，被孫子們說「外婆也應該要用手機」之類的話才買的。電子信箱應該是哥哥告訴她的。

「多管閒事。」

京子有點火大。如此一來就避不開最想逃避的人了。她一邊煩惱，一邊意識到，能有需要思考的問題反而不錯，至少能用來打發時間。

無論多想過著不為人知、隱於城市中的生活，只要不是完全孤身一人，這種願望便難以實現。尤其是跟母親聯絡的事，拖延太久的話，她可能會以為自己遇到什麼意外或事故，鬧得驚天動地，甚至報警求助。

「這下可好，該怎麼辦呢？」

她沒有告訴母親和哥哥自己辭職的事。雖然有了可以消磨時間的煩惱，但這卻是個難解的問題。畢竟搬到這裡是事實，可以老實交代這件事，但是隱瞞辭職；或者是約在外面見面，不讓他們來住處，然後照樣隱瞞辭職的事；也可以乾脆老實交代一切。對京子來說，這些選項都很沉重。雖然明白這是自己種下的因，理應承擔行動必須擔負的責任，但一想到母親歇斯底里地生氣時的表情和聲音，她的頭就開始隱隱作痛了。

「有沒有一個能瞞過母親，直到她過世的完美藉口呢？」

京子認真地思考著，甚至想到頭痛，仍然無法立刻得出結論。然而，她知道必須盡快解決，否則母親會起疑心。

「晚上再打電話給小真吧。」

雖然習慣叫小真，但真由和京子一樣都四十五歲了。她們是高中時代的好友，當時真由是學生會副會長，如今是高中教師。京子計算著她從學校回家的時間，打算如實將所有事情告訴她，並尋求她的建議。

晚上八點，京子撥打電話。接電話的是一個聲音很像真由的人，京子一度以為是本人，但其實是真由的女兒小雪。

「怎麼了？妳沒事吧？我聯絡不上妳，所以有點擔心。」

「抱歉啊。我一切都好，只是最近事情比較多。小雪的聲音跟妳一模一樣，我嚇了一跳呢。她現在幾年級了？」
「明年就上高中啦。」
「什麼？都長這麼大了啊！」
「她都比我高了呢。」
京子突然覺得，身邊同齡的女性似乎比自己成熟得多。這樣的自己，被母親抱怨也無可厚非。
「其實，我啊，辭掉工作了。」
「什麼？為什麼？」
京子把事情的來龍去脈告訴了真由，還坦承自己現在住在月租三萬日圓的老公寓裡。
「喔……」
真由沉默了一會兒。
「住那裡，有什麼原因嗎？」
「原因？」

被這樣直接了當地問，京子一時之間不知該如何回答。

「沒有什麼特別的原因。」

她不自覺地用了敬語。

「喔……」

真由並不是在嘲笑她，而是無法完全理解京子的意圖。

「不是因為要實踐理念之類的很高深的東西……」

京子難以忍受電話裡的沉默，所以說了這麼一句。

「簡單來說，是想變成森茉莉那樣的人？」

真由突然插了一句話。

「……可能是吧。」

京子愣了一下。

森茉莉的確是她憧憬的對象。從學生時代起，她就反覆閱讀《奢侈貧窮》，進入職場後，對森茉莉那種與自己完全相反的人生更加嚮往。要是真的那麼憧憬，她其實根本沒必要進廣告代理公司工作。儘管如此，京子還是選擇工作，因為她想靠自己賺錢，也想對一直認為自己是對的母親證明——

「妳的人生，並不是唯一的正確答案。」

然而，自從搭上職場這輛雲霄飛車之後，事情開始以超乎想像的速度運轉。一開始，她為了不被甩出去拚命抓緊，後來逐漸無力地跟隨雲霄飛車，再後來連自己的體重都撐不住了，於是決定下車。她必須承認，自己心中仍然留有對森茉莉那種離開了喧囂的社會，住進一間簡樸的公寓，安靜地凝視世間萬物的印象。

「原來如此，原來是這樣啊……」

京子喃喃自語，真由卻笑著說：

「什麼啊，原來妳自己沒意識到啊？」

「被妳一說我才想起來。」

「妳還記得那些文章吧？妳以前經常跟我提起，說房間裡堆滿了紙張，紙都風化之後椅子被埋在裡面，根本動彈不得之類的。妳那時候還說好酷喔！」

如此說來，確實有過那麼一回事。

「這不是很好嗎。妳現在已經過著『森茉莉的生活』了。很多人想這麼做都做不到。妳能做出這樣的決定，真的很了不起啊。」

「根本沒什麼了不起的。」

森茉莉只是後來強加的理由，總覺得自己這麼說有點自大。

「啊，真是的，我是真的受不了，受不了啦！」

這才是真正的理由。

「現在的問題是，什麼時候要老實交代。」

「對啊。」

「不如跟妳哥哥商量一下吧。這應該是最好的辦法。」

「妳也這麼覺得啊？」

京子點了點頭。最後，真由並沒有多說什麼，只是耐心聽京子傾訴。真由身為一個上班族妻子，同時也是媽媽，應該有一些想和閨密傾訴的煩惱，但她一直在傾聽京子的事。直到掛掉電話後，京子才意識到這一點，也深刻了解自己的不成熟。她反省自己，不應該只顧著說自己的事情，而是要學會傾聽別人的心聲。

京子下定決心，打電話給哥哥。

「喂，妳過得好嗎？最近怎麼樣？」

哥哥的語氣依舊悠閒，旁邊傳來嫂子加奈子同樣悠哉的聲音問：

「是誰啊？」

哥哥回答說：

「是京子。」

「是喔，幫我跟她問好哦。」

隨後傳來逐漸遠去的腳步聲。

「媽媽在附近嗎？」

「沒有，我們跑到二樓來了。這時間她應該在洗澡吧。」

「喔，是這樣啊。那個，其實……」

京子坦承自己辭了職，現在住在便宜的公寓裡。

「妳說妳辭職了？」

哥哥愣住了。

「仔細想想，就像提前十五年退休一樣啦。」

「那妳現在就沒收入了吧？」

「對啊，我靠存款生活。」

「沒去打工嗎？」

「之前工作太累了，所以想休息一陣子。」

哥哥反覆發出「嗯——」的聲音。

「然後媽媽她啊，發了一封郵件，說想來我家一趟。」

「當然啊，媽媽一定很在意妳過得怎麼樣嘛。」

「我該怎麼跟她說比較好啊？」

「肯定出大事，她會鬧得不可開交。」

「對吧，所以我很煩惱，難道不能一直瞞著嗎？」

「那也不行啊。如果住得很遠也就罷了，但妳住在東京，沒辦法一直瞞著她吧。」

「就說我長期出差……」

哥哥沉默了一會兒，然後平靜地說：

「妳是不是心虛？

「妳已經是成年人了，自己做了決定，就應該坦率地告訴她。即使現在編個謊話騙過去，遲早還是會穿幫的吧？既然這樣，不如誠實地說出自己的想法。雖然會鬧得不可開交，但也不可能鬧一輩子。不要逃避，老實告訴她吧。」

這番話說得很有道理。京子再一次深刻感受到自己的不成熟。

「知道了，我會告訴她。」

「那我就當作什麼都不知道。妳要保重身體，有什麼事就告訴我，別客氣。」

京子想起，小學時，曾經和歇斯底里的母親大吵一架，哥哥後來進到房間，默默地摸了摸京子的頭。

結果，當天還是沒有回母親的信。隔天也無法整理好心情，吃了簡單的早餐後，京子前往圖書館。圖書館裡依舊擠滿老人。當京子拿起幾本一人生活的食譜翻閱時，有人靠過來說：

「您好，打擾了。」

抬起頭來，只見一位牙齒不怎麼整齊的瘦削老先生站在那裡，笑容滿面。他穿著灰底、胸前有酒紅色條紋的Polo衫，搭配灰色長褲和棕色休閒鞋。京子疑惑地歪著頭，對方便接著說：

「我經常在這裡見到您。」

「喔……」

畢竟也不能直說「我完全不認識您」，於是京子選擇沉默以對。老先生卻湊過來瞥了一眼京子手中的書。

「喔，您是一個人住嗎？我經常在這裡見到您，覺得您很有魅力，所以想成為您的朋友，所以來搭個話，哈哈哈。」

京子嚇得目瞪口呆。

「我可以今天到您家坐坐嗎？如果今天不行，明天也可以。我覺得跟您聊天一定很愉快。」

（這……是在搭訕嗎？）

他笑容滿面地站在那裡。

「怎麼樣啊？我絕對不是什麼可疑的人喔。」

他從Polo衫的胸前口袋裡掏出一張破破爛爛的剪報，得意洋洋地說這是他寫的散文獲獎時，區公所頒獎的新聞。

「您住在附近嗎？是哪一區呢？如果您有什麼採購需求，我體力不錯，能幫忙提重物喔，哈哈哈。」

他還擺出健美的姿勢，彎起手臂想秀一下，但手臂細瘦的程度和京子差不了多少。

「呃，那個，其實我不是一個人住。家裡還有一位病弱的母親需要照顧。」

京子脫口說出謊話，他立刻說：

「喔，這樣啊，那我先走了。」

然後轉身迅速離開，消失得無影無蹤。

「……」

京子再度目瞪口呆。

（剛剛那到底是怎麼回事？他究竟想幹嘛？）

京子覺得有種全身搔癢的不適感，所以立刻離開圖書館。想著這段時間還是不要再去好了。真沒想到會遇上這種事。沒了去處，京子在附近散步，想等到有機食品店開門為止。途中看到貓咪，京子都一一打招呼，那些靠過來的貓咪便成了京子的好友。雖然平時對飲食並不講究，但想到自己以往實在太過隨便，現在該稍微注意一下了。畢竟以後的健康管理全靠自己，萬一生了重病，目前的生活可就徹底崩潰了。進到店裡，京子就被琳琅滿目的商品嚇傻，看到價格和一般超市的差異更震驚。不過京子認為，有機食品雖然不能保證人不會生病，但現在生活費已經非常節省。再說，只有一個人吃飯。因此果斷採購天然酵母麵包、蔬菜、胚芽米、無添加味噌、海帶芽、豆腐、納豆等，更適合蓮花公寓小房間的食材。正當京子慢悠悠走回公寓，無意中抬頭望向前方時，心臟差點停止跳動，整個人瞬間凍結。

公寓前，母親穿著淡紫色的和服，手裡拿著用紙包裹的花朵，像一尊門神站在那裡。京子不可能像剛才那個老頭一樣轉身逃跑，只能深吸一口氣，一步步朝一臉凶神惡煞的母親走去。感覺就像倒數進入地獄的時間。

「京子！這到底是什麼意思？嗯？快給我解釋清楚，快說啊！」

母親的吼叫聲尖銳到能穿透耳膜，剛好經過的老先生差點從腳踏車上摔下來。京子趕快把大吼的母親拉進公寓的房間裡。她這麼大聲，鄰居肯定都聽見了。

「這是什麼鬼地方？」

站在稱不上是玄關的狹窄入口，母親愣住了。京子決定硬著頭皮坦白。

「妳看得出來的吧？我住在這裡。」

京子打開及腰的窗戶。

「妳竟然住在這個像雜物間的地方。」

母親怒氣沖沖，鼻息紊亂。

「那又怎樣？我喜歡住在這裡。」

「再怎麼樣也不用住在這麼寒酸的地方吧？真丟臉！鄰居要是問起，我都沒法說妳住在這裡！」

「不要說不就好了。」

「如果被問到會很麻煩啊。」

「擔心會不會被問到這種不確定的事有什麼意義？有哪個鄰居會對妳四十五歲女兒住哪裡感興趣啊？」

母親每次遇到對自己不利的情況，就會嘟起嘴，然後把臉轉到一邊去。

「早知道這地方這麼髒，我就不穿和服來了。我還想著要跟房東打聲招呼呢。」

母親怕弄髒和服，顯得坐立難安。

「這裡已經打掃得很乾淨了。不滿意的話，就坐到床上去吧。」

母親踮起腳尖，小心翼翼地坐到了床邊，不斷查看腳下襪子是否沾上了什麼髒東西。

「我看到妳的郵件，正打算聯絡妳呢。」

母親一副坐立難安的樣子，目光不停地掃視房間。

「這房間感覺就像之前死過兩三個人似的。」

「即便如此，我也沒在怕。」

「天哪，真是受不了妳。」

母親顫抖了一下。如果自己一個人也就罷了，這裡畢竟還有其他住戶，京子只能心裡默默祈禱，希望其他人剛好都外出了。

「不過話說回來，妳竟然能找到這裡。」

母親在床上坐直身子，歇斯底里地大罵：「因為等不到妳的郵件，我就打電話去公司。結果他們說妳辭職了，真是把我嚇壞了。我用地圖查了地址，結果竟然是這種像倉庫一樣的地方，真是不敢置信。妳別把媽媽當傻瓜！」

「我沒把妳當傻瓜啊。我辭職的事，還有住在這裡的事，跟妳一點關係也沒有吧。」

「怎麼會沒有關係！」

母親再次大聲吼了起來。
「妳做丟臉的事，就是我這個當媽媽的恥辱啊。如果讓鄰居知道妳住在這種地方，我簡直沒臉住在那裡了。」
京子忍不住嘆了口氣，覺得母親實在是小題大作。
「我們把妳養到大學畢業，還進了一家有名的廣告公司工作，結果怎麼會變成這樣？妳是存心氣我嗎？」
雖然部分是事實，但是不能說出口，所以京子選擇沉默。
「再說了，人的性格會受到居住地的影響。住在這種地方的人，肯定都不是什麼正經人！」
京子怒火中燒，忍不住回嘴：
「妳怎麼能這麼說呢？妳有什麼憑據嗎？我就是最討厭妳這種態度了！妳住在那個家裡，到底有多了不起，我倒是想聽聽妳的解釋！」
「天啊，妳竟然這樣跟自己的母親說話！」
母親又開始發出刺耳的大吼了。京子這才明白，果然無法和母親溝通，自己和這個人合不來。母親吵鬧一番後問京子：
「現在在哪裡上班？」
看起來她從一開始就不認為京子會失業。
「我不想說。」
「不想說？為什麼不能說？難道是做什麼見不得人的工作嗎？」
「也許吧。」
「別再把媽媽當傻瓜了！如果妳爸爸知道了，該多傷心啊。妳這麼做也會讓爸爸蒙羞啊。」
如果是父親的話，大概會笑著說：
「真拿妳沒辦法。」
「如果是為了省錢，我可以給妳錢，馬上搬離這裡吧。光是知道妳住在這裡，就讓我渾身不自在！」
母親摸了好幾次胸口下方的腰帶繩結。
「不要。」

「為什麼？」
「因為我喜歡這裡。」
「喜歡這裡？京子，妳腦袋有問題吧！怎麼會喜歡這種像倉庫一樣的地方……」
「別人看起來像倉庫，但對我來說，這裡是能讓我安心的地方，比起有媽媽在的那個家好多了！」
母親睜大眼睛，盯著京子的臉，然後氣呼呼地把頭轉到一邊。她放在膝蓋上的拳頭微微顫抖著。
「我要走了。」
床上還放著那束花。
「那這個呢？」
「隨便妳處置吧！」
母親穿上草履，用手拍了拍乾淨的和服說：
「別在我們家附近晃來晃去，實在太丟臉了。如果鄰居問起，我會說妳長期出差到國外。」

母親始終避開京子的視線。原本想要用力打開門，結果因為門框不合，弄了半天都打不開。母親氣得用草履猛踢，視線始終盯著斜上方，就這樣默默地回去了。

風暴總算過去，京子鬆了一口氣。包裝紙裡的花是幾朵大大的芍藥。五朵淡紅色的花讓原本單調的房間增添了幾分亮麗，感覺真的變成森茉莉風的房間。

「得去買個花瓶才行。」

她先將花莖剪短插進馬口鐵桶子裡，這樣也別有一番風情。鬆了一口氣後，她突然想到隔壁的住戶。母親那樣歇斯底里的大吼，肯定讓大家很困擾。可是要她挨家挨戶道歉，「對不起，剛剛太吵了」，京子又覺得很奇怪。

於是，她從窗戶探出身子，觀察左右鄰居的情況，但兩邊都靜悄悄的。

「希望剛剛都沒人在……」

就在這時，蓮花公寓深處傳來砰地一聲。她拉開門縫一看，正好看到小夏小姐抓著一頭亂髮，穿著鬆垮的針織背心和短褲，手裡拿著衛生紙走進廁所。京子暗自慶幸母親沒看到她的樣子，總算鬆了一口氣。

泡了杯咖啡，剛喝了一口，整個人就放鬆下來了。

「呼——」

最麻煩的事情總算暫時解決，已經算是好消息了。京子聽到水流聲和門關上的響聲，顯然小夏小姐上完廁所了。接著蓮花公寓深處的門又砰地一響。也許熊谷女士就是討厭她這一點吧。京子手裡捧著馬克杯發呆。透過及腰的窗戶望著地面，發現地上竟有這麼多種不同的草，覺得好有趣。此時，左邊突然傳來窗戶打開的聲音。她轉過頭一看，熊谷女士探出頭。

「啊！」

她急忙把頭縮了回去。京子心想，糟了，被聽見了，額頭冒出冷汗。

「妳……妳好。」

熊谷女士手裡拿著一個小曬衣架，慢慢探出頭來。

「妳好。熊谷女士，剛才我母親來過，應該很吵吧，真是抱歉。」

「哦，是這樣啊。沒出來打招呼真是失禮了。我一直在看電視，剛好有個減肥特輯，所以我很專心在看。哈哈哈，完全沒注意到有人來。」

熊谷女士像平時一樣，晾著洗好的衣物，「那我就先告退了。」微微致意便關上了窗戶。儘管母親說了許多失禮的話，熊谷女士仍然很體貼，京子心中充滿感激。

到了晚上，哥哥打電話來。

「今天，媽媽去妳那裡了吧。一回來就在家裡鬧翻天了。」

「她在這裡也是，又叫又罵，盡說些難聽的話。」

「真是的……」

哥哥說，母親回家後還在叨唸：「京子因為工作太累才會變得不正常，住在像倉庫一樣的地方，穿著寒酸的衣服，根本不知道她在想什麼。住在那種骯髒的地方，肯定很快就會生病，最後哭著回來。就算這樣，也不能讓她進家門，否則只會把她慣壞。」

「這裡雖然是老公寓，但並不髒。我只是穿著以前放假在家穿的休閒服，媽媽真的是太誇張了。」

「嗯，我知道啊。」

聽到母親歇斯底里的吼叫聲，哥哥應該也覺得疲憊不堪吧。

「給你添了麻煩，真不好意思。」

「沒事啦。不過，妳如果真的出什麼事，千萬別忍著，一定要告訴我。」

哥哥再三叮囑後掛斷電話。

「明明兩個孩子都很好，媽媽怎麼會這樣呢？」

京子找不到答案，只能歪著頭沉思。

4

母親在京子的房間裡大放厥詞，京子以為熊谷女士一定因此感到不悅，但熊谷女士接下來的態度依然如常，彷彿什麼事都沒有發生過。另一方面，京子發現隨著逐漸了解周遭環境，她開始對熊谷女士的過往產生興趣。京子很好奇，她是經歷了什麼，才選擇住進蓮花公寓呢？不過，京子也知道在對方未提起之前，這樣的問題不適合問出口。畢竟若不是放棄了什麼，誰也不會選擇住在這樣的地方。

獨自生活的熊谷女士，完全讓人感覺不到孤獨。京子在公司工作的時候，見過很多女人。有那種拿了錢就願意跟男人在一起的。也有派遣公司派來工作，但是比起工作更認真在找對象的。有人沉著完成男顧客要求的工作，也有人不是只要能結婚誰都好，而是冷靜分析擬定作戰，這些女人不能一概而論。有些女性在知名企業獲得相應的地位，買得起受歡迎的高樓層公寓，從頭到腳都流露出年輕女性會景仰的樣子，在聊工作的時候顯得很有氣勢，但是某個瞬間又會流露出疲憊與寂寞，京子從那時起就明白，每個人都有自己的煩惱。

要是當初來看房子的時候，熊谷女士全身都透著寂寞與不幸，京子邁出人生嶄新的一步時心情也會完全不同吧。

並不是「真的沒辦法，只好淪落到這種地方」。

而是「我選擇了這裡」。

京子感受到一股強烈的決心。對京子來說就像找到同道中人一樣。

熊谷女士很早起床。早上六點左右，京子就會聽到一些微弱的聲音。有時會聽到咳嗽和打噴嚏之類的聲音，但聽得出來有所顧忌，盡量避免發出噪音。聽到微弱的「咻、咻」一聲時，就是她在做體操。她會隨著伴奏唱歌，而且一聽就知道是哪一首。歌聲很有古典風格，音調也很穩定，唱得非常好。

「她曾經是歌手嗎？」

她那從容不迫的態度，讓人不禁覺得她可能在人前表演過。京子覺得自己似乎發現一些熊谷女士過去的線索。仔細想想，經常能聽見從熊谷女士的房間傳來哼唱的聲音。她哼的歌曲有些從來沒聽過，有些是學校學過的，而京子最喜歡的兩首歌是〈斯塔拉之歌〉和〈閉嘴跟我來〉。

說到這個，京子的父親是植木等的粉絲。每當父親看見植木等在電視上出現時，總是露出開心的笑容，而母親則會皺起眉頭說：

「又在看這種東西。」

父親總是當作沒聽到，嘴角微微上揚地繼續看著電視。京子小時候不太理解，但她現在覺得，父親可能曾希望自己能像植木等那樣當個「日本最沒責任感的男人」。即便口袋空空也不擔心，喝著烈酒躺在車站的長椅上，只要頭上還有藍天白雲，總會有辦法的。然而，父親在母親的催促下不停努力工作，最終在五十五歲時離世。京子不禁想，熊谷女士是否也和植木等有某種共鳴呢？雖然她喜歡唱歌，但房間裡除了電視和收音機傳來的音樂外，沒有其他聲音來源，應該沒有CD播放器之類的東西。儘管只隔著一堵薄薄的牆，但隔壁卻有無盡的謎團。

齊藤雖然是個年輕男孩，但相當安靜。他很勤快地晾衣服，而且晾得非常細緻，讓京子感到佩服。他的房間從來沒有朋友到訪，更沒有帶女生回來過，除了生活會發出的聲響和降低音量播放的「決明子」樂團的音樂外，幾乎聽不到其他聲音。而且，他每次播的都是同一張專輯。根據熊谷女士的說法，他在車站另一側的日式料理餐廳打工。他總是下午起床，深夜才回家，因此京子每天早上起床時，總會小心翼翼，避免發出太大的聲音吵醒齊藤。

齊藤起床時，每天都會連打三個噴嚏。

「哈啾、哈啾、哈啾」

每當聽到這個聲音，京子就會知道他起床了。

熊谷女士的哼歌聲和齊藤的噴嚏聲，對於什麼也不用做的京子來說，就像是每天生活中的標點符號。

小夏小姐總是告訴京子一些她其實不需要知道的事情。有一天半夜，京子正躺在床上時，突然聽到女人的怒吼聲。她坐起身來，想看看發生什麼事，結果聽到小夏小姐說：

「快給我滾出去！」

京子悄悄走近門邊，把耳朵貼上去仔細聽。模糊地聽到一個男人低聲說了什麼，卻立刻被另一聲歇斯底里的怒吼打斷：

「你根本沒有這個資格！」

接著傳來「砰、砰」的沉悶聲響。

「痛、好痛……別這樣，真的很痛……」

看樣子似乎是那個男人正在挨打。

「你這個人渣、你這個人渣……你以為你是誰啊！」

隨著近乎尖叫的怒吼聲，出現「啪、啪」的拍打聲。京子悄悄把門打開一條縫，看到小夏小姐穿著鬆垮的運動服和長度及膝的異國印花短褲，雙手扠腰站在那裡，腳邊蹲著一個微胖的男子。他穿著白底藍條紋的襯衫和灰色的長褲，看起來和小夏小姐充滿民族風的服飾完全不搭。不過，從兩人的對話來看，他們應該是認識的。小夏小姐瞪大眼睛，怒氣沖沖地踢著男人，完全沒注意到正在偷看的京子。

「你這個人，別開玩笑了！當初是你死皮賴臉地求我交往，我才勉強答應的。結果你竟然給我劈腿，這到底是怎麼回事啊？像你這種長得難看的男人，根本沒資格劈腿！一輩子都不准劈腿！我都這麼勉強自己跟你在一起了，你竟然還敢胡來，開玩笑也要有個限度！」

小夏小姐喘著氣，越說越激動，穿著木製涼鞋的腳好幾次踹向男子。

「可是，可是……啊，對不起，對不起！」

「『可是』什麼？有話就不能好好說清楚嗎？」

「因、因為……因為妳根本不見我啊……」

「廢話，當然不見你！你是排最後的最後那一個！乖乖等著是你的本分，懂嗎？像我這樣的人居然願意跟你這種醜男交往，你應該感激涕零才對！居然還敢劈腿……氣死我了！」

「對不起，對不起！」

「你的『對不起』我已經聽膩了！」

「那、那就……不好意思。」

「『那就』是什麼意思啊！」

小夏小姐腳抬得更高，再次狠狠踹向男子。他蜷縮在地上，完全沒有反抗。雖說是情侶吵架，但對方畢竟是男人。被這樣一面倒地罵還被踢個不停，老鼠萬一被逼急了，也可能會反咬貓，他很有可能會攻擊小夏小姐。有力氣的男人真的動手反擊，纖瘦的小夏小姐可能招架不住。京子看著自信滿滿、持續踹著對方的小夏小姐，心裡越來越擔心。

「你以後不准來這裡！」

小夏小姐不再踢人，而是居高臨下地瞪著男人，氣勢十足地雙手扠腰。

「怎麼這樣……妳以後都不見我了嗎？」

「那還用說！別再胡說八道了！我怎麼可能還會想見到一個又醜又劈腿的男人！」

「可是、可是，那只是玩玩而已……」

「我是真的受夠你了！趕快給我滾！」

小夏小姐朝公寓的出入口用力甩出紙袋和肩背包。「咚」地一聲，地板撞到硬物的聲音響起。

「啊啊，我的相機……」

看起來和她年紀相仿的男人像蜥蜴般敏捷地動了起來，迅速撿起掉在地上的相機鏡頭，接著悲傷地哀號：

「啊啊啊～」

然後拉開背包的拉鍊。

「我不是叫你趕快滾嗎！」

背對著小夏查看背包的男人，突然被她一腳踹在屁股上。

「啊——」

男人發出一聲淒厲的慘叫，然後飛奔離開公寓。小夏小姐氣勢洶洶地關上門，快步回到自己的房間。

「呼——」

京子吐了一大口剛才屏住的氣。雖然也覺得那個男人的行為真的很惹人厭，但還是感覺小夏小姐未免太過火。不過，也正因為她有如此強烈的女王氣質，才會吸引那些人主動靠近吧。雖然這場面讓人驚訝，但在平淡的日子裡，竟也成了有趣的插曲。

「呵呵呵。」

京子笑了笑，躺回床上。

隔天早上，京子正準備去上廁所時，恰好碰到從廁所走出來的熊谷女士。

「昨天晚上真是太誇張了。妳還好吧？」

熊谷女士話還沒寒暄幾句，就用大拇指朝後面的房間指了指。

「真的很誇張，嚇了我一跳。」

「對吧？那麼大聲地又吵又鬧，真是丟人現眼，也太讓人困擾了。這種事啊，已經發生過好幾次了。」

「什麼？真的嗎？」

「嗯，我知道的就至少有十次吧。」

熊谷女士點了點頭。

「那孩子啊，特別喜歡外國人。只要看到外國男人，就會從頭到腳都冒出甜美的聲音，還會立刻搭訕說『哈囉』。有一次我看到她直接從房間裡衝到街上去攔路過的外國人呢。有些外國人還真的會被她吸引，然後就被帶回來這裡。但像昨天這樣被整得那麼慘的，全都是日本男人。至於外國男人，反而一次都沒見過。反正只要那孩子一出動，就會吵到不行。一點教養和修養都沒有。」

京子靜靜地聽著熊谷女士說話。

「小夏小姐是做什麼工作的啊？」

「這個嘛……剛搬來的時候好像有上班，不過後來有次我問她在做什麼時，她回答我說：『我是個旅人。』」

「旅人？」

「對啊。她就愛說這些讓人摸不著頭緒的話，把別人搞得一頭霧水。」

「這樣啊。」

「我看她應該是在外國男人之間輾轉遊走吧。」

「原來如此。」

雖然完全搞不懂，但至少知道小夏小姐的職業是「旅人」。

「啊，抱歉抱歉，我差點忘了妳還有要事要辦。」

熊谷女士側身，讓出通往廁所門口的路。

吃完天然酵母麵包、馬鈴薯豆子沙拉和咖啡的早餐組合後，京子便前往圖書館。就算再遇到那天搭訕的老頭，應該也不會靠近「正在照顧老母親」的自己吧。一走進圖書館，抬頭一看竟然又碰見那個老頭。京子驚愕地愣在原地，老頭明顯也看到她，卻完全無視她的存在。

（什麼嘛，那是什麼態度？）

明明被搭訕會覺得麻煩，但被無視又讓她火大。

（真討厭。）

京子想借的雜誌已經被借走，只好直接離開。她想看的不是女性時尚雜誌，而是生活雜誌。女性雜誌包含流行時尚、新開的餐廳和甜點店，還有以都會風格搭配廣受歡迎的和服店。以前上班時，公司會訂這些女性雜誌，她幾乎每一本都會翻閱。自從搬到蓮花公寓後，她就完全沒再看過，因為這些雜誌顯然與她現在的現實生活無關。如今的京子已過了會憧憬那些事物的年紀。雖然她仍喜歡漂亮的東西，但不想在別人挑選過的選項中做選擇。現在的她，比起妝點自己，更在意如何減少垃圾和避免浪費資源等知識。

「某種意義上，這也是一種時尚吧。」

京子想，既然無法消費，那就為地球盡一份心力吧。

她拎著購物袋，接著前往銀行。自從搬到蓮花公寓以來，這是第一次提領現金。她計劃提領一個月的生活費，十萬日圓。

「十萬日圓啊……」

她盯著從ATM吐出來的紙鈔。以前從來沒記過帳，接下來或許該嘗試看看了。能靠這筆錢過一個月，真是不可思議。以前工作時，看到十萬日圓的西裝，她只會覺得便宜；看到十萬日圓的包包，還會一鼓作氣地買下來。即使把錢花掉，下個月薪水還是會準時入帳。而且公司規模不小，不至於倒閉，就算把錢花掉也能隨時補充銀彈。不過……現在已經沒辦法隨時補充銀彈了。幸運的是，她在三家銀行的存款還算可觀。然而，如果像以前一樣大手大腳花錢，存款很快就會以三、四倍的速度耗盡。好在現在她沒有工作，不需要添置新衣或新鞋，開銷僅限於生活必需品。然而，她也不確定以前的物欲如果又出現，情況會變成怎樣。總之京子已經下定決心，絕對不要低聲下氣回到老家，尤其是母親還在世的時候，絕對不回家。

「千萬要小心。」

京子告誡自己。

因為無法借到期待已久的雜誌，京子於是走向二手書店。在店門口的推車上，她看到《奢侈貧窮》。翻開一看，書頁已經變成咖啡色，字體也很小，是舊版的書。對即將進入老花眼階段的她來說，閱讀這種小字可能有點吃力，但她覺得這或許是一種緣分，於是花了一百五十日圓買下了這本書。這本書應該能讓她享受一段時間。在蓮花公寓讀這本書，想必會格外有滋味。心情稍微變好之後，京子在回公寓的路上，不知不覺地哼起了〈閉嘴跟我來〉的歌。正如歌詞所唱，剛好是藍天白雲。

京子壓抑著想踏著舞步般行走的好心情，來到了車站前。車站前有一個花圃，高度剛好適合坐下休息，所以經常有人坐在那裡。朝氣蓬勃的年輕人；目光始終盯著手機、指甲上充滿華麗裝飾的女孩；還有抱著焦糖色貴賓犬、像寶物般呵護的中年女子。在人群中，她看到了一個熟悉的雙色頭髮——是熊谷。

京子原本只想打個招呼就走，但熊谷女士轉頭望過來，先向她招了招手。

「妳好。剛剛打擾了。」

熊谷女士指著旁邊的位置，「不客氣。要不要坐一下？」

京子坐下後，熊谷女士站了起來，從旁邊的自動販賣機買了兩罐咖啡。

「不是什麼高級貨，還請妳不要嫌棄。」遞了一罐給京子。

「謝謝妳，那個……」

京子正想從背包裡拿出錢包。

「不用，不用。不過如果哪天我身無分文，換妳請我喝吧。」

「好，沒問題。」

聽到「身無分文」這個詞，京子忍不住想笑。熊谷穿著一件厚實的土耳其藍絲綢襯衫，搭配一條黑色窄版長褲。黑色樂福鞋雖然明顯已經穿很久了，但保養得非常好。

「路上有時候會看到那種年輕人對吧？」

熊谷女士看向不遠處，京子也跟著望去，那裡有一個穿著奇特設計服飾的年輕男子，顯然對設計和時尚很感興趣。

「對衣著很講究呢。」

「我以前年輕的時候啊，只要看到比普通男生穿得稍微奇特一點的人，就會誤以為這人肯定比別人有才華，還會喜歡上這些人。不過一旦交往，就會發現大多是徒有其表，根本沒什麼了不起。」

「這樣啊。」

「穿那樣的衣服和有才華，根本是兩回事。年輕時總以為穿成那樣，就能變成那樣的人，或者覺得自己已經是那樣的人了。應該說那是一種錯覺吧。他們說得頭頭是道，實際工作時卻什麼都不會。偏偏這種人最容易誤以為自己很有才能，對別人滿是抱怨。真正了不起的人，即使不刻意出風頭，也會自然而然地吸引別人注意。而那些想要出風頭的，正好證明他們還沒到那個檔次。我花了三十年，才明白這一點。」

「原來如此，妳也經歷了不少波折呢。」

「其實我也沒受什麼苦，只是看男人的眼光確實不太好。等發現的時候，已經太遲，自己已經成了標準的大嬸了。」

「那些男孩子，會有發現這一點的時候嗎？」

「誰知道，很難說耶。年輕氣盛嘛。不過，看到社會上有那麼多沒怎麼見過世面的大人，就會覺得大概沒那麼容易改變吧。說到這個，我們家的齊藤真的很不錯。不會刻意打扮外表，腳踏實地在那家暴力料理認真工作，努力學一門手藝，真的很了不起。」

京子聽到熊谷女士說「我們家的……」，覺得有點好笑。

「那個……暴力料理是什麼啊？」

「是很有名的餐廳哦。料理很美味，不過那裡的老闆會動手打人。齊藤能撐過來，真是太厲害、太厲害了。」

熊谷女士不停地點頭。

（暴力料理嗎……）

看來齊藤的日子也不容易啊。

5

後來過了一陣子，京子打算在窗邊晾衣服時，碰巧遇到熊谷女士。

「今天晚上，有空的話要不要一起到附近吃飯？」

熊谷女士邀請京子。

「啊，嗯，好啊，一起去吧。」

「六點左右從這裡出發吧。妳有什麼不能吃的嗎？」

「沒有，我都可以。」

「這樣啊，那待會見嘍。」

熊谷女士露出燦爛的笑容，把頭縮回房間。京子始終拿捏不準，該和這棟公寓的住戶相處到什麼程度。既覺得彼此之間有種奇妙的一體感，又覺得似乎不應該過度深交。不過，熊谷女士的邀約讓她非常開心，平常不知道該怎麼打發時間，現在多了一件新鮮事。京子就像要和人約會一樣，一下子興奮地打掃房間，一下子又躺在床上，翻看從二手書店買來的《奢侈貧窮》。

京子六點一到就在房間外等著，熊谷女士馬上就現身了。她穿著時下流行的Emilio Pucci圖案的長版罩衫，搭配米色長褲。京子則穿了成套的白色針織吊帶背心和開襟外套，下身是為了偶爾出門還留著的淡粉色裙子。

「哎呀，第一次看到妳穿裙子呢。」

京子平時穿的是褲裝，這還是第一次讓別人看到膝蓋以下的雙腿。

「很奇怪嗎？」

「哪裡奇怪，很適合妳。」

熊谷女士很真誠地這麼說，然後走出公寓。

以前總能有舒適的初夏或初秋，如今卻幾乎沒有這種剛剛好的季節。兩人一路閒聊，一路走到車站附近。

「我想去那家暴力料理。」

「啊，就是齊藤工作的那家店嗎？」

「希望他今天沒什麼事。」

齊藤工作的那家小料理店，位於車站附近的一條小巷裡。從熱鬧的車站前轉進巷子，就會突然安靜下來。聽說是暴力料理，但完全沒有想像中該有的喧鬧，京子反倒覺得有些意外。熊谷女士推開木製拉門，迎面走來一位穿著圍裙、乾淨俐落的中年女性，腳步輕快地迎上來。

「歡迎光臨。兩位嗎？」

「是的。」

熊谷女士點了點頭，兩人被帶到U字形的吧檯角落。這間小巧的店裡，只有兩張四人餐桌和吧檯座位。餐桌區已經坐滿穿西裝的男人，而吧檯正中央坐著一對年長的夫妻，默默地享用餐點。

吧檯內的廚房沒有看到齊藤的身影。一位看起來像是老闆的男人，一邊和那對夫妻聊著股票，一邊忙著料理。他的聲音洪亮，和印象中沉默的料理人截然不同。

「要吃什麼？今天的推薦菜色是這個。」

熊谷女士把放在吧檯上的手寫菜單遞給京子。

「我不挑食，交給熊谷女士決定吧。」

看到興致勃勃瀏覽菜單的京子，「東西是好吃啦，只是……」熊谷女士卻意味深長地這麼說。得知京子不喝酒後，便向穿著圍裙的女店員點了菜。

「兩杯熱茶，然後我們要這個、這個，嗯，還有這個……」

「熊谷女士想喝的話，可以喝點酒哦。」

「我已經戒酒了。」

「妳以前是會喝酒的嗎？」

「以前很能喝。畢竟我十五、六歲就開始喝酒。喝酒又抽菸，日子過得一團糟。有一天忽然覺得不能再這樣下去，就乾脆戒了。再說，那時身體狀況也開始不太好了。不過，身體會變差也是理所當然。每晚喝得爛醉又到處玩，不遭報應才怪。我就是那個所謂的『人間失格』。」

「原來喔，那是幾歲的時候呢？」

「嗯……大概二十五歲左右吧。」

「真年輕呢。」

「如果像一般人那樣過日子的話，也許還算年輕，但是我喝酒抽菸的資歷比一般人久，身體垮得也快。」

「原來如此。」

「十幾歲到二十出頭的時候，我也是個小姑娘，打扮得漂漂亮亮出去玩，男孩子自然會圍著我團團轉。喝醉還會送我回家。雖然也有些人懷著別的心思，但那也在我預料之中啦……」

「這樣啊……」

「那時候喝醉了大家還會覺得可愛，但是過二十五歲就不行了。爸媽早就放棄我，而我也想著反正有男生捧著無所謂，結果是我太天真了。這些人不會永遠捧著妳的。後來喝醉了就直接被扔在酒館地板上。有幾次醒來，發現自己被丟在新宿黃金街的小店旁邊。對方幫我墊了報紙，我還想說這是他的溫柔嗎？當時我才意識到，已經沒人願意照顧我了。一直以來，我仗著別人的寵愛變得驕縱，這時才明白，從此無論多醉，都得自己想辦法回家了。」

京子雖然覺得不太好，但還是忍不住笑了出來。
「我說真的，要重新做人真的很辛苦呢。」
此時，料理端上桌了。涼拌青菜、醋醬拌菜、昆布醃比目魚，分別盛在別緻的器皿裡，散發著一股和街上普通小料理店有所不同的氣息。
「我開動嘍。」
京子拿起筷子，忍不住想聽更多熊谷女士的故事。
「這家店味道是很不錯的。」
看著熊谷女士用筷子夾菜，京子不自覺地想，如果她兩鬢的白髮變成黑色或咖啡色，搭配光滑細膩的皮膚，說不定看起來會很年輕。
「熊谷女士，您不染頭髮嗎？」
這話是下意識脫口而出的，京子一說出口就慌了，不過熊谷女士卻很坦然地回答：
「是啊，懶得染了。」
「現在頭髮白成這樣，要染就得全染。以前年輕時還會把頭髮倒梳成蓬蓬頭，再染成咖啡色。只有學生時期才是黑髮。一直染啊染的，結果等回過神來，黑髮就長不出來了。不知道是不是染太多損害毛囊，三十五歲左右時就開始變白髮。到這把年紀，白的黑的棕的都無所謂了。不過我比較喜歡穿亮色的衣服，配白髮更適合，所以乾脆不染了。」

「您的白髮很好看呢！前幾天那件土耳其藍襯衫，還有今天這身衣服，我都很喜歡。」

「真是太感謝了。上次被人稱讚已經是幾十年前的事了。」

「幾十年……怎麼會……」

「哎呀，是真的啊。像我這樣的人，在家裡就是個麻煩人物。」

熊谷女士一邊燦爛地笑著，臉上泛著陽光般的光澤，一邊說她如何被家人嫌棄的故事。她出生在戰後那一年的東京。長到懂事的時候，父親經營著加油站，母親則開了兩間咖啡店。她在典型的服務業家庭中長大，大五歲的姊姊性格溫順，但她自己則是個頑皮的小孩。家裡收入不錯，加上父母經常不在家，她要什麼就有什麼。小學時期，班上的同學每天都為了玩具跑到她家來玩。後來，父母可能是意識到自己太過縱容小孩，於是決定將她轉到姊姊就讀的嚴格教會學校，從小學五年級轉學過去，成了她人生不幸的開端。

「學校的建築非常漂亮，還有教堂。姊姊皮膚白皙、長得漂亮，性格乖巧、成績優秀，簡直就是少女漫畫裡的女主角，那個學校的氛圍非常適合她。但我呢？又黑又像男孩子，頑皮得要命，怎麼可能融入那裡？照理說，我應該考不上那所學校，但因為我是由里惠的妹妹，才被破格錄取的。」

在這之前，她一直穿著像男孩一樣的衣服，在空地上跑來跑去，甚至爬樹。突然間，她被要求綁辮子，穿上很窄的水手制服，連書包、鞋子、襪子等所有用品都得符合規定。

「我完全搞不懂，為什麼大家的東西都要一模一樣？」

她因此怨恨父母把她送進這所學校，也無法理解為什麼姊姊能那麼融入學校。直到國中畢業之前，她都過得鬱鬱寡歡。因為知道有義務教育這個東西，便想著至少忍到國中畢業。

「因為學校是完全中學，直到大學為止，哪怕再擺爛，也還是能升學。」

然而，升上高中之後，她壓抑的情緒終於爆發。雖然照樣去上學，但會帶著便服，然後到在咖啡廳結識的朋友家換上，直接出去玩。她會用噴霧把頭髮打蓬、化妝，穿著流行的迷你裙和高跟鞋出門。當她告訴男孩子自己的學校時，對方通常都會很驚訝，反而因此很受歡迎。

「哇，那種貴族學校，竟然有像妳這樣的學生？」

如果對方覺得她在說謊，只要拿出學生證，那些男生就會啞口無言。

「大概只有那個時候，我才覺得讀那所學校是件好事吧。」

那些搭訕自己的大學生會請客，所以經常出入爵士咖啡廳和歌舞廳。當時的她還不知道自己喜歡什麼，只覺得一切新奇又刺激。

「妳知道嗎？在歌舞廳裡，我還跳過一種叫猴子舞的舞蹈。猴子喔，那麼醜的猴子舞，為什麼要那麼拚命跳啊？連我自己都搞不懂。」

京子想到曾在舊新聞影片裡，看到那些在歌舞廳跳猴子舞的年輕人，當時自己還笑到肚子疼。

「流行真是可怕，過了很久之後再回頭看，會覺得羞恥到不行。」

在聽熊谷女士聊往事的時候，端來炸物料理。女服務生肯定說了些什麼，但京子完全沒發現。直到老闆看到擺在她們面前的菜，大聲吼道：

「喂，妳們兩個！到底是來吃飯的還是來聊天的啊？」

京子一時語塞，而熊谷女士卻在絕妙的時間點淡然地回答：

「都有。」

「都有……」

老闆嘴裡嘟囔著，又拿起菜刀繼續做菜。

兩人重新開始用餐時，齊藤手裡拿著不鏽鋼托盤走進廚房。他身上穿著印有店名的白色工作服，但看起來是還沒融入這間店的樣子。老闆和他交談了一會兒，突然大吼：

「要跟你說幾次才會懂！你這笨蛋！」

隨即奪過齊藤手裡的托盤，用力地敲打他的頭，發出砰砰的聲響。嚇一跳的京子環視店內，無論是餐桌區的客人還是坐吧檯的老夫婦，都像什麼事也沒發生似的。

「你就是這樣，才會一直沒辦法獨當一面。乾脆辭職算了。」

齊藤縮著身子，悄悄地打開後門走出去。

「這也太過分了吧！」

京子氣憤不已。

「就是說啊，每次都這樣。」

「每次都這樣……」

話還沒說完，齊藤又悄悄地走進廚房，對老闆低聲說了些什麼。

「笨蛋！不管我罵你一百萬次『笨蛋』，你也搞不懂吧。要不要我告訴你為什麼？因為你就是個笨蛋！」

老闆說完，拿起料理台上的托盤，對著齊藤的頭再次狠狠敲了下去。齊藤又悄悄地走了出去。京子氣得把筷子重重放在吧檯上。

「這也太過分了吧！完全漠視人權！即使沒有客人也不能這樣，甚至當著客人的面打人，這是什麼意思？」

當然，大家都看得出來老闆的暴力攻擊。老夫婦可能因為視力和聽力退化，不知道發生什麼事，但連其他客人都一臉和自己無關、視若無睹的樣子，這讓京子感到十分憤怒。此時，穿著圍裙的女店員小跑步過來：

「對不起，打擾各位了。」

她低聲道歉，並不斷彎腰道歉。

「還是老樣子啊。如果繼續這樣下去，大家都會待不下去。」

「真的非常抱歉。」

那名女店員像機器人一樣不斷低頭道歉，在一陣混亂中消失了。

「所以啊，大家來這間店都會先去餐桌區找位置。」

熊谷女士低聲這樣說。京子依然覺得憤怒。雖然很想對這個無理取鬧的老闆發火，但想說的話卻堵在喉嚨裡，根本說不出口。她又拿起筷子，想著如果食物不好吃，就可以立刻起身離開，但因為是熊谷女士邀請，料理也確實好吃，反而讓她更加憤怒。人製作的東西會透露出那個人的個性。那種男人竟然能做出這樣美味的料理。難道是這些菜根本不好吃，是自己的味覺有問題，才會覺得美味？京子以極快的速度把食物送進嘴裡，對這一切感到火大。熊谷女士也默默加快了吃飯的速度，兩人很快就把所有菜吃完了。

「要去喝杯咖啡嗎？」

熊谷女士一邊說一邊起身。

「那個……」

京子拿出錢包時，「不用、不用。」

熊谷女士阻止了她。結帳時，女店員還在不停低頭道歉：

「真的非常抱歉。」

京子心裡覺得，與其現在不斷道歉，不如在事情變成這樣之前阻止，但又覺得可能這位女店員有無法插手的苦衷吧。

「多謝招待。」

兩人走到外面，同時呼出一口氣。

「真抱歉啊，暴力料理還是沒變。妳一定沒能好好吃飯吧。」

「沒有，不會啦。」

「之前的員工，很快就不幹了。當著大家的面被那樣對待，誰能忍得了一整天呢？即便如此，齊藤還是忍著。有一次我問他，你不會覺得生氣嗎？他說，雖然會生氣，但畢竟是自己的錯，而且在這裡能學到料理，就暫時忍耐一下。」

「現在的年輕人，真是了不起啊。」

京子想起公司裡那些不做事、只會抱怨的年輕同事，不由得這麼說。

「與其說他忍耐力強，不如說他對喜歡的事情非常執著。妳看，他到現在都還留著前女友的鞋子。」

雖然執意留著前女友的鞋子確實有些問題，但京子由衷希望齊藤能將這份執著心用在更好的地方。

熊谷女士帶京子進了一家兩條巷子後的自家烘焙咖啡店。看起來是一棟有點歲月感的小型西式建築，很有氛圍感。站在吧檯內像是老闆的中年男子，看到熊谷女士便微微鞠躬打招呼。一位氣質很好的年輕女性過來幫忙點餐。店員沒有染髮也沒有擦浮誇的指甲油。店裡瀰漫著濃郁的咖啡香，客人的年齡層偏高，但也有一些年輕情侶。即便在星巴克或連鎖咖啡店可以喝到更便宜的咖啡，但還是有年輕人喜歡來這種地方，令人感到很欣慰。

「好像有年輕人來這裡學習烘咖啡豆的技術呢。」

還是有年輕人不選擇速成的快餐，而是想了解手工製作的好處。送來的咖啡香氣撲鼻，讓人一聞就感覺全身的疲憊和之前在暴力料理的緊張都獲得舒緩。

「真好喝啊。」

「這裡的價格雖然不便宜，但我很推薦哦。」

熊谷女士微笑著說。

京子心想，住在蓮花公寓，表示收入不怎樣，但熊谷女士卻懂得在生活中享受小奢侈。雖然現在到處都能輕鬆喝到便宜的咖啡，之前熊谷女士也買過罐裝咖啡給自己，不過可能是因為她的父母曾經經營過咖啡館，所以才懂得在這樣的地方細細品味手沖咖啡。而且她身上的衣服雖然不是名牌，但很適合她，讓人覺得很時尚。

「您住在那裡多久了啊？」

京子一邊將少許牛奶倒進剩下一半的黑咖啡裡，一邊這樣詢問。

「嗯……大概三十年吧。當時覺得自己不太方便繼續住在父母家了。以前玩得太放肆，後來想好好做人時，父母叫我回家幫忙經營咖啡館。之前花了父母那麼多錢，我也想著就當是報答他們，就答應去幫忙。那時候的咖啡館，有不少男人是為了店裡的女店員來的。因為店開在許多大公司聚集的商業區，我爸媽可能想著我能和其中一個客人在一起。他們老是問我『妳覺得那個人怎麼樣？』或者說：『小滿，妳跟那樣的人很配呢。』但我對正經的上班族完全沒興趣，所以都當沒聽見。」

京子這時候才知道，熊谷女士的名字原來叫做滿。

「因為很輕鬆，就一直待在家裡幫忙，結果被父母看上的那些人一個接一個結婚了。母親就會抱怨說：『都是妳拖拖拉拉，才錯過了結婚的機會。那個人其實很喜歡妳耶。』她氣得不行。但這些和我沒關係，我只當作沒聽見。不過，這世道真的很殘酷。快到三十歲的時候，找上門來的都想讓我當續弦。現在已經沒有這種事，但我年輕的時候就是這樣。」

「原來如此。」

「我姊姊結婚後就搬出去了，父親則跑到情婦那裡，一直沒回來。無論在家還是在店裡，我都得和每天只會不停抱怨的母親待在一起，真的是受夠了。所以我決定搬出去，剛開始住在離這裡不遠的另一棟公寓。後來那個地方要翻修，我才暫時搬到蓮花公寓，沒想到一住就是三十年。」

「後來您沒有考慮搬回去嗎？」

「本來是打算搬回去的，但翻修完之後房租就漲了。而且當時二樓住了一個劇團的年輕男生，嗯……我們發展了一下，我就想著住這裡也不錯。」

熊谷女士果然是個熱情洋溢的人。

「那您最後沒有跟那位先生結婚嗎？」

「嗯，是啊。」

現在蓮花公寓的二樓沒有人住。據說是因為建築老化，房東擔心住客在二樓活動時，地板會破裂掉到一樓，便停止招租。

「我不喜歡打掃，廁所和浴室都不用自己清理，這樣最輕鬆。房地產仲介的老先生和女兒也都人很好。」
「萬一有地震，感覺那裡會瞬間倒塌耶。」
「那裡應該第一時間就會被震成平地。不過，到那時候我說不定不在房間裡，就算家裡建造儲存大量食品的避難所或者是多麼完善的抗震設備，地震來的時候如果剛好不在家裡，那些都毫無意義。這種事情只能看運氣。人一旦開始擔心起來，就沒完沒了。這是我的人生信仰。」
熊谷女士斬釘截鐵地這樣說。雖然她年輕時可能是個不良少女，但如今的那份超然瀟灑，讓人覺得十分痛快。
「我也想像您一樣，豁達看待人生。」
京子喃喃自語。搬進蓮花公寓已經兩個月了，她仍時常拿過去當上班族的自己與現在的自己做比較，心裡糾結不已。明明知道這麼做毫無意義，但那些思緒依然揮之不去。
「年輕時會迷惘很正常，太早變得豁達才奇怪吧。」
「可是，我已經四十五歲了。熊谷女士和我差不多年紀時，也迷惘過嗎？」

「當然啊！我還曾想過要不要嫁給一個有錢的老頭當續弦呢。不過，最後還是放棄了。」

京子稍稍鬆了一口氣，隨即聊起剛搬家時，在圖書館遇到那個老男人的事情。

「這種怪人超多的。尤其是現在。」

熊谷女士說，那些自以為還大有市場的中年甚至更老的男人，會去搭訕比自己年輕的女人，像京子這樣的年紀已經算年輕了。

「我們也有選擇權吧！再說，那些來搭訕的，長得帥也就罷了，都是一些不吸引人的傢伙啊！」

熊谷女士一邊嘆氣一邊這樣說，京子噗哧笑出聲來。

「高齡化社會來臨之後，一定會更嚴重。」

「哎呀，真是令人頭疼啊。」

「沒事、沒事。以前那些被搭訕的年輕女性，到了某個年紀後，就會被排除在搭訕範圍之外，也就不再受到這種騷擾了。」

「說的也是。」

兩人再次笑了起來。

從咖啡店出來後，她們一邊閒逛一邊走回蓮花公寓。途中，遇到好幾對年輕情侶，他們彼此緊貼著身體走路，甚至有的還邊走邊撫摸對方。

（三十年後，他們會變成什麼樣呢？）

京子腦海閃過這個念頭，但隨即想到，與其擔心別人，不如先好好考慮自己未來的生活。

「接下來就是梅雨季，蓮花公寓恐怕會很麻煩哦。一個不小心，到處都會發霉，整個梅雨季都會飄散奇怪的臭味。我是已經習慣了，但妳可能會嚇一跳喔。」

這也是住在蓮花公寓就無法避免的問題。

「齊藤先生還在工作吧？」

「他好像總是半夜才回家。」

「他會不會一直被打啊？」

「雖然不可能一直被打，不過老闆可能是軟硬兼施，巧妙地操控著員工吧。聽說齊藤家裡也經營餐館，就算回家也不成問題。不過他還年輕嘛，想藉著當學徒的名義，離開家裡看看吧。」

京子心想，如果是自己當著眾人面被這麼對待，大概會奪下老闆手中的鐵盤，狠狠打回去吧。就算熊谷女士下次再約，京子大概也不會再去那家店，不過她仍對那些見到年輕人被羞辱卻無動於衷的老顧客們感到厭惡。

「那種店乾脆倒掉算了。」

「這個世界上的事情，可沒那麼簡單啊。」

看著氣憤的京子，熊谷女士悠然地這樣回答。雖然京子在心裡批評那些顧客，但自己也一樣沒出手幫忙。自己明明也沒有勇氣，不應該這樣批評別人才對，京子感到有點沮喪。

「齊藤知道我們在場嗎？如果讓熟人看到自己被欺負，一定會覺得沒面子吧？」

「喔，他應該沒發現。那孩子就是這種個性的人。」
熊谷女士斬釘截鐵地說。
「是嗎？」
「嗯，他根本沒餘力注意到這些，肯定沒發現。」
聽她說得如此篤定，京子心裡稍稍鬆了一口氣，心想齊藤至少不用因為丟臉而難受。
「既然如此，就算碰面也不必刻意安慰他吧。」
「不用不用。他都沒發現，我們也不需要刻意提起啊。」
走進安靜的住宅區後，路上的年輕情侶明顯少了許多。街燈下，有一對邊走邊互相依偎的情侶，金髮穿西裝的高大外國男子和身穿鮮豔粉紅色飄逸上衣搭配牛仔褲的女性，兩個人的穿衣風格差距很大。女人發出刺耳的大笑聲。
「咦？」
熊谷女士皺起了眉頭。
「那不是住在最裡面的那位小姐嗎？」

「咦，是小夏小姐嗎？」

京子定睛一看，她頂著熟悉的丸子頭正在走路。小夏緊緊挽著那名男子的手臂，一邊仰著臉看男子的臉，一邊黏在對方身上。

「真是厲害，都不會膩。」

情侶的身影逐漸靠近，於是兩人趕緊躲到路燈的陰影裡。男人結結巴巴地說著日語，而小夏則用過分嬌媚的聲音笑著。熊谷女士和京子，用目光跟隨這兩人的身影，直到他們消失在視線範圍內，

「呼——」

然後才同時嘆了一口氣。

「雖然我也沒什麼資格對別人說三道四，不過那孩子實在太令人頭痛了。在自己房間裡，做什麼都無所謂。但是她會像上次那樣，在別人房間門前大吵大鬧耶。而且今天又得避開浴室了。」

「為什麼呢？」

「因為她總是在浴室裡做那種事啊。」

「呃……」

「就算是個破舊的公寓，好歹也是個公共場所。實在是太離譜了。我都不知道刷了多少次她帶外國人來後弄髒的浴室了。」

回蓮花公寓的路上，熊谷女士怒氣滿滿。京子則回想起第一次見到小夏時，她仰躺在狹小房間裡睡覺的模樣。

「妳今天還是去澡堂比較好喔。」

打開房門的時候，熊谷女士再次叮囑。

「好。今天多謝您招待了。」

「讓妳遇到那些事，真是抱歉。」

她揮了揮手，走進自己的房間。京子按照熊谷女士的建議，前往步行約六分鐘的澡堂。一邊觀察其他客人，一邊洗澡，然後泡了會兒溫泉才回到家。她想起森茉莉在《奢侈貧窮》中提到的微胖「火腿女」們，澡堂依舊能看到這樣的女人。更可怕的是，自己似乎也快加入火腿女的行列了。

也許是因為泡澡讓血液循環變好，也可能是咖啡太美味，京子即使躺在床

上也久久無法入睡。正在發呆時，隔壁房間傳來開門的聲音，

「哈啾。」

緊接著傳來噴嚏聲。

「齊藤，辛苦了。」

京子喃喃自語，然後閉上眼睛。

6

自從搬進蓮花公寓後，京子發現了以前未曾注意過的鳥叫聲和青草的氣息。某天，她呆呆地望向窗外，一隻戴著項圈的巨大虎斑貓突然現身。

「過來。」

京子招了招手，但貓咪只是抬頭盯著她看。正當京子納悶時，貓咪突然朝雜草撒了一大泡尿，然後若無其事地離開了。接著，一陣濃烈的尿味撲鼻而來，讓她不知所措。儘管如此，京子依然很享受在蓮花公寓的生活。她曾擔心，自己會不會因為還沒擺脫上班族的習慣，而打破原先設定一個月生活費十萬日圓的預算，導致存款迅速見底，又或是忍不住想買昂貴的衣服和包包。不過，這些事情都沒有發生。雖然她小心翼翼地控制著開銷，生怕沒有控管好錢包，就會脫離原本預設的生活變得浪費，但發現自己竟然完全不需要多餘的物品，甚至因此感到驚訝。

尤其是衣服，根本不需要太多。現在既不用通勤，也不需要搭電車，只是在住家附近隨意走走而已。搬出家門時，曾經萬分不捨地處理掉許多衣物，還擔心著：

「就這麼點衣服，真的能夠過日子嗎？」

然而，搬來這裡幾個月以來，那些少得可憐的衣服，竟然還有幾件連一次都沒穿過。自己有按時洗衣服，每天都有換洗。只要經常洗衣，各種不同類型的衣服，只需要上下身各三套就足夠了。以前需要搭電車去上班、和朋友聚會，有時需要約會，光是因為這樣，就需要那麼多衣服和包包，現在回想起來真是不可思議。不能連著穿同樣的衣服，因為工作性質的關係，也不能穿過時的衣服。當時沒多想，就把這些花費都視為必要支出，但實際上衣服和包包不僅佔了很多空間，花費的金額也十分可觀。

「唉……」

京子嘆了口氣，輕輕地搖了搖頭。現在貧富差距那麼劇烈，而自己拿著可以養一家人的收入，住在老家把錢花在時尚打扮上。心中不禁湧起一絲罪惡感。當然，光是這樣並不會改變整個社會的貧富差距，但內心仍然想說：

「很抱歉我曾經過著奢侈的日子，現在的我已經洗心革面了。」

不過，這種話對從小就經濟困難的人來說，或許反而更失禮，這又讓京子內心湧現罪惡感了。以前上班時，每天忙著安排工作，沒時間多想其他事，搬來蓮花公寓之後，京子開始思考起許多從未想過的問題。儘管思路帶有哲學意味，但是京子本來就不擅長深入思考，所以很快便開始頭痛了。

「人為什麼要活著？」「何謂人生？」「自己應該做什麼？」當京子試圖面對這些問題，才剛自問自答一會兒，思緒就陷入僵局。「啊……我根本就沒什麼想法，而且頭好痛喔……」

京子抱頭苦惱。哲學家或文學家可能因為自身的欲望與處境苦惱，進而思考出真理或留下著作。如果詢問理論派、頭腦聰明的哥哥，他或許會說：

「這個嘛……」

然後引用思想家的言論詳細說明。然而，京子的腦細胞與哥哥截然不同，沒辦法分析複雜問題。雖然平時並非什麼都不想，但只要稍微嘗試深入思考，腦細胞就會發出警訊：

「已經超過容許值了！」

以前沒什麼問題，現在頭卻開始陣陣作痛。以前在公司上班時，經常會遇到這種情況。不過，既然有拿薪水，就必須想出結論，每次都靠止痛藥撐過去。如今既然離開了公司，京子也不希望再讓腦細胞因此大鬧。

「算了，反正事情總會有個結果的，別多想了。」

就在京子喃喃自語的瞬間，腦細胞的混亂漸漸平息，原本緊繃的肩膀也放鬆下來。

「一定是因為硬逼自己思考，才會這樣吧。」

她望向窗外，發現另一隻沒有項圈的虎斑貓。那隻貓瞥了她一眼，便迅速跑開。

「要再來玩喔。」

京子朝著牠揮揮手，那隻貓停下腳步，回頭看了她一眼，然後鑽進隔壁的灌木籬笆。

搬來這裡後，當然也遇過下雨的日子，濕潤的空氣中會瀰漫著青草的氣味，別有一番風情。隨著梅雨季的到來，連日的濕氣開始挑戰蓮花公寓這座直接建在土地上的老舊木造公寓。榻榻米變得潮濕，飄出一股霉味，房間裡的空氣顯得沉重。如果只是稍微下一點雨也就罷了，接連好幾天都下雨，讓原本覺得別有一番風情的蓮花公寓，徹底暴露出缺點。門框因為濕氣變得很卡，總是會停在還沒完全打開的時候。原本覺得沒什麼，到最後變成需要推拉好幾次才能完全開闔。房間裡的東西和當初搬來的時候一樣，並沒有增加。於是京子想要拉開壁櫥的門，研究一下拉門怎麼會卡卡的時候——

「呀！」

她忍不住尖叫。壁櫥裡面很空，只有裝換季衣物和雜物的三個塑膠箱，所以不會每天都打開。儘管如此，也不是一整個星期都沒開過門。壁櫥裡頭竟然布滿黴菌！房間裡隱約能聞到的霉味，似乎就是從壁櫥散發出來的。京子感到一陣反胃，不知道自己究竟吸入了多少飄散在空氣中的黴菌孢子。靠近天花板的地方雖然沒有漏水，但雨水滲進來的水痕清晰可見。

「怎麼辦？」

她冒著雨立刻出門，走到藥妝店買了室內用的黴菌清潔劑。

「竟、竟然會變成這樣……」

京子一邊忍著眼淚一邊拚命擦拭壁櫥。無論是在公司還是在家裡，她從未經歷過這種事。以前在老家看到浴室除黴劑的電視廣告時，總會想：

「從來沒看過浴室的橡膠密封條變成那樣耶。」

直到今天她才知道，那不是因為老家不會長黴菌，而是因為母親勤於清潔家中每個角落，才沒有讓黴菌滋生。

「原來放著不管的話，就會變成這樣啊。」

京子突然討厭起蓮花公寓了。一旦開始懷疑，便無法停止擔心其他地方是不是也長滿了黴菌。於是，她小心翼翼地打開了流理台下方的雙開門櫃子，果然裡面也長滿黴菌。她用毛巾捂住嘴巴，噴灑清潔劑，像擦拭壁櫥那樣處理，然後把櫃門敞開透氣。環顧四周，京子總覺得每個地方好像都長滿了黴菌。她走出房間，再次檢查房門，發現下方也有明顯的黑色黴菌。為了防止黴菌蔓延，她重點加強門板下方的噴霧，然後將整體擦拭乾淨。這時，外面傳來喀啦喀啦的聲響，是小夏小姐。她手裡拿著塑膠傘。

「午安啊。」

京子向她點頭致意。小夏頂著丸子頭愣著站在原地，瞥了一眼京子手上的噴霧罐說：

「啊，黴菌啊。」

「我的壁櫥長黴了，所以想說要噴一下。」

「哦……我房間牆上也長黴了。不過聽說喝酒可以消毒，黴菌就算跑進身體應該也沒關係。」

「我不喝酒。」

「是嗎？好可憐。」

小夏留下一句意義不明的話，就像喝醉了一樣，搖搖晃晃地走出了公寓。其他房間不知道怎麼樣，但顯然並非只有京子的房間長黴。即使購買除濕機，感覺也只是杯水車薪。整棟建築物彷彿都被濕氣包圍。

「去問問熊谷女士好了。」

隔壁有電視聲，熊谷女士應該在家。

「打擾了，我是笹川。」

京子敲了敲隔壁的門。

「來了。」

那張光彩亮麗的臉探了出來。

「那個，我家壁櫥裡長黴菌，熊谷女士有在用除濕機嗎？」

熊谷女士拿來一台小型除濕機給她看。

「一天要倒好幾次水喔。我想這裡應該很潮濕。不過既然住在這裡，多少得接受一些黴菌的存在。除濕機這個東西有總比沒有好，站前的廉價商店有賣各種款式。」

「謝謝您，我去看看。」

「好，那就失陪了。」

熊谷女士笑著點點頭，然後關上房門。

京子再次走到車站前的廉價商店，買了一台比熊谷女士用的容量更大的除濕機。回到家後，她馬上插上電源，一邊看書看電視，一邊觀察水箱累積多少水，結果水箱很快就滿了。

「居然這麼多？」

她驚訝地發現水箱幾乎瞬間被填滿。倒掉水後重新設置，不一會兒又滿了。她無法判斷是除濕機性能過好，還是房間濕氣過重，總之她只能不停倒水。

此後，無論是下雨天還是短暫放晴的日子，除濕機都全力運轉。

「住在這裡的話，每年都得經歷這種事嗎？」

京子覺得有點沮喪。無聊的日子依舊沒有改變。她不禁嘲笑自己太過優柔寡斷，連自己都看不下去。如果只是為了過這樣的日子，當初辭職又有什麼意義？原本決定盡量不用手機聯絡朋友的她，最終還是忍不住打了電話給真由。

「妳要不要來我家玩？就是之前跟妳提過的地方。」

「咦，我可以去嗎？」

「為什麼這麼問？」

「因為那裡不就是妳的祕密花園嗎？」

「哪有，才不是呢。」

「這樣啊～那我就去一趟吧。這週日我有空喔。」

聽到真由的回覆，京子高興得不得了。接下來的四天，她的心情像少女期待戀人一樣雀躍。她第一次深刻地感受到，與人見面竟然是這麼開心的事情。過著無業、也不打工的日子，整天待在這棟老舊的公寓裡，過著毫無生產力的生活。當初搬進蓮花公寓時，她以為會展開自由且無人打擾的優雅日子。然而，那只是因為她還沒有完全擺脫多年以來上班族的生活。她以為過一陣子就會習慣，但才剛開始要習慣，就被黴菌襲擊了。發現牆壁發霉已經令人震驚，而且還好一陣子都沒有察覺，讓京子覺得自己很沒用。

到了星期日下午，京子到車站會合，真由馬上就到了。看到聚集在車站前的年輕人，驚訝地說：

「真熱鬧啊，大家都在這裡等人耶。」

「看起來是個適合居住的好地方。有商店街。哇，蔬菜也好便宜。」不愧是家庭主婦，會留意的店家就是不一樣。站在蓮花公寓前，真由笑了出來。

「呵呵呵。」

「怎麼了？」

「沒什麼啦，只是覺得這棟建築看起來真的很老舊了。竟然沒被拆掉，還保存下來。」

進到建築物裡面之後——

「共用廁所加淋浴間，真懷念耶。」

真由這樣讚嘆。

「梅雨季的時候超級潮濕的。」

京子打開嘎吱作響的門，請真由進房間。

「打擾了。我買了蛋糕，請用吧。」

真由拿出了一個小巧可愛的盒子，京子接過後，心情更是開心到飛起來，立刻去準備咖啡。

「這裡實在很老舊，妳應該嚇到了吧？」

「也還好啦，因為妳之前已經說過了。不過，這地方倒是沒有讓人討厭的感覺，很不錯呢。」

真由環顧了一下室內。

「讓人討厭的感覺？」

「對呀，我在買房之前，也看過不少租賃公寓、分售公寓。房子就像人一樣，會有一種『不合』的感覺。不是新舊或是大小的問題，而是有些房子總讓人覺得不喜歡。應該就是和自己不合吧。這間房子雖然很舊，但感覺非常好。」

聽了這些話，京子不由得鬆了口氣。

「但是會長黴菌呢。」

「這種地方沒辦法啊。這就是妳要忍耐的事了。」

「我真的很驚訝，黴菌真的會長出來耶。」

「當然啦，妳都幾歲了？」
被真由嘲笑了。京子心想，真由一定也是一邊工作，一邊努力打掃家裡，才能防止家裡長霉吧。正當京子敬佩不已的時候，真由說：
「廚房、廁所、浴室就委託專人來處理。」
原來還有這種辦法。
「那妳現在過得很悠閒嗎？」
「與其說是悠閒，不如說是太悠閒吧。我根本就沒事做。」
「妳現在沒有打工，也沒做志工，當然會這樣嘍。」
真由的話讓京子的胸口感到一陣刺痛。明明身體健康，卻一直待在家裡，不去打工也不當志工的四十五歲未婚女性。她放下刀叉，嘆了口氣。
「我真的是一個失格的人類。」
「呵呵呵，現在又變成太宰治了。」
「我媽突然找上門那天真的很慘。把我大罵一通。哥哥還算理解我。雖然不能完全接受我媽的偏見，但要說我失格，我也不能反駁。明明很健康，卻一直待在家裡閒晃，這樣真的好嗎？我自己也會很在意。」

「可是妳就是不想再工作，才選擇這樣的生活不是嗎？那這樣就很好啊。妳就好好享受吧。畢竟妳是用自己過去賺來的錢過日子，沒有造成別人的困擾啊。」

「是沒錯啦，不過……我好像……沒辦法好好享受。」

「妳自己都這麼想，那就難辦了。」

「我不想再回到以前那種生活，也完全不想買流行的衣服或包包。但我會懷疑，現在這樣生活真的好嗎？」

「不管處在什麼狀況下，每個人都會思考這樣真的是對的嗎？妳以前上班的時候，也會有這種想法吧。我也想過這個問題啊。」

「這倒是，我原本覺得自己已經跨出一步了，可是現在看來，似乎沒有太大改變……」

「嗯……」

真由一邊吃著蛋糕，一邊沉吟。

「可是我如果抱著『既然沒事做，就去打工或當志工好了』的心態，對別人也很失禮吧。」

真由一邊點頭一邊安靜地聽著。

「這裡都住著什麼樣的人啊？」

「這邊是個在暴力料理工作的年輕男生，那邊是六十多歲的女性。最裡面住著一個喜歡外國人、職業是旅人的女孩子。」

「哦，真有趣。」

「我應該是最無趣的那個了。」

「為什麼？」

「因為我沒什麼特別的啊。」

「比較特不特別沒什麼意義吧。妳果斷放棄高薪工作，而且現在也沒工作，已經很特別了。」

京子把之前聽到關於鄰居的事蹟，講給真由聽。

「這樣的生活多有趣啊。」

「也不是每一天都這樣。平時是過著有點懶散、無聊的日子。」

當自己說出「無聊」這個詞時，京子突然意識到了什麼。

「也就是說，『無聊』才是問題吧。」

「所以無聊就代表人間失格，無聊就是妳自己的責任啊。」

「可是，我忍不住就說出來了。」

「是啊。」

真由一邊用蛋糕底紙包住叉子一邊說：

「其實妳就是太認真了。

「在公司時也很認真工作，然後就厭倦了那樣的生活，但是辭職之後又認真地想當個無業遊民。」

「這倒是真的。」

「工作的時候，會有部門的目標，每天都有待辦的事情。當然也不能隨心所欲，會有各種限制。但是現在沒有任何限制了。其實這樣應該可以輕鬆生活才對，妳辭職的時候應該有個什麼目標吧。」

「目標嗎？應該是說，當時所有的一切都讓我厭煩。也許我只覺得，逃走就能解決。」

「現在不就解決了嗎？」

「嗯……算是吧。」

「那妳還想要什麼？」

「與其說無聊，不如說沒有任何成就感。沒有那種『啊，我辦到了』的感覺。」

「也是啊，現在的狀況確實沒辦法有什麼成就感。」

「啊……我現在根本就是退休後的大叔啊。失去工作之後完全解脫，卻找不到自己能做的事。對，我就是以前自己都看不起的那種大叔。」

京子抱著頭。

「不過妳其實很幸福耶，身邊沒有一個嘮叨的老婆。」

真由一邊喝著續杯的咖啡，悠哉地說道。

「我真的再度敬佩森茉莉，她好厲害。雖然不是無業遊民，有寫作的工作，但如果不是精神極為堅強，根本無法維持那樣的生活吧。像我才來這裡三個月，光是看到黴菌就已經要瘋掉了。」

「妳呀，雖然身體很懶散，但心裡其實一點也不懶散吧。總覺得『這樣下去不行』，所以才這麼認真。明明跨出一步，卻感覺什麼都沒變，那是因為妳的想法和以前上班的時候一樣。想法還是得跟著轉變才行。妳就好好享受沒工作的生活嘛。」

「就跟妳說這是最難的啊。」

真由輕輕笑了起來。

「畢竟妳是從一個極端跳到另一個極端。一般人會逐漸從全職員工轉到打工，然後才變成無業遊民，但妳是突然從重度工作，變成無業遊民耶。」

「沒錯……」

京子的聲音越來越小。

「隔壁的熊谷女士住在這裡已經好幾十年了。難道不會覺得無聊嗎？」

「當然會無聊啊。不過她年輕時應該已經玩過了，所以大概也覺得夠了吧。雖然不清楚詳細情形，但感覺她已經放下很多事情了。妳還有些欲望對吧？精神上很認真對待生活的欲望。雖然不是什麼壞事，但有時候也會成為阻礙。」

「認真對待生活的欲望？」

「對啊，譬如說想要成為某個人，或者雖然不是很具體地成為某個人，但會試圖將自己硬塞進腦海中描繪的完美模型裡。無論妳人在哪裡都一樣。沒有人會告訴妳，妳適合什麼樣的模型。世上根本沒有那種東西，妳只能自己思考，然後成為妳自己。」

真由真的好成熟喔。京子很佩服。這根本不像朋友之間的對話，更像是心理諮商師和患者的對談。

「我也經歷了很多事呢。孩子叛逆期、丈夫外遇、婆媳問題、學校和學生、家長之間的關係等等。我也曾向周圍的人求助，讀過書和雜誌，但到頭來還是得自己做決定。即使有家人，發生什麼事最終還是得靠自己。沒有辦法完全模仿別人。京子做出其他人都模仿不來的重大決定，如果有時間思考，不如思考一下未來。如果不想思考，也不必勉強自己。抱著『必須認真思考才行』的想法，反而會造成自己精神上的壓力喔。」

或許真的是這樣。以前上班的時候，京子總覺得自己周遭的環境很骯髒。實際上，那些不得不接觸的人，的確腐敗又差勁。所以認為自己只要從那樣的環境脫身，就能變得純淨。只要有金錢往來，必然會帶來需要忍耐的人際關係。因為受不了這一點，她選擇成為無業遊民。但現在又覺得無法掌控自己。

「仔細想想，我真的不知道什麼是興趣，也不懂如何讓自己放鬆。每天只是往返於公司和家裡。啊，真是個徹底以工作為重的大叔啊。」

「這也是沒辦法的事啊。過去的事已經無法改變，不如考慮未來吧。如果不想思考，也不用勉強自己。」

「是這樣嗎？」

「我覺得是啊。勉強自己只會變得扭曲。」

在送真由回車站的路上，「我可能會離婚。」她突然說出了這句話。對京子來說，真由的丈夫溫和又體貼，是一位幾乎無可挑剔的男人。

「剛才妳好像提到過這件事。」

「對方是公司的下屬，從那個女生進公司以來，他們好像就一直有來往。連小雪都知道，還說：『等我上高中後就可以打工了，你們不如離婚吧。』但我們一直把彼此都很忙當作藉口，沒有好好面對面談，結果拖到現在。不過總得做個結論，我想結果大概會是那樣吧。」

「這樣啊……大家都有各自的難處呢。」

「就是說啊，家家有本難唸的經。」

到了傍晚，真由看到車站前聚集一群年輕人再度感到驚訝，

「那就這樣，下次見嘍。」

「謝謝妳，路上小心。」

隨後消失在剪票口裡。

京子的心情稍微輕鬆了一些。回到蓮花公寓後，她打開信箱，發現裡面有一張紙。

「你是否心中充滿煩惱？是否每天都過得很痛苦？神會幫助你解脫。請來

參加我們的聚會吧！一個充滿希望的嶄新未來正等著你。」

是一張來自可疑宗教團體的傳單。京子立刻把它折起來揉成一團，丟進垃圾桶。

7

強力的除霉劑讓周圍的牆壁和木板都褪了色。外頭的雨仍然淅淅瀝瀝地下不停。即使除濕機整天都在全力運轉，房間裡的所有物品都還是濕濕的。更糟糕的是，因為一直開著「強力除濕」模式，整台除濕機嗡嗡作響，散發的熱氣讓房間異常悶熱。京子一直情緒低迷。沒想到因為潮濕，心情竟然如此沉重。雖然已經去除黴菌，表面上看不見，但那潮濕黏膩的空氣卻始終籠罩著她。即使躺在床上，背部碰觸到的薄被也充滿濕氣。走在室內，腳底感覺濕濕的。伸手去拿衣服時，摸到的針織上衣也是濕漉漉的。簡直是潮濕地獄。

「該叫潮濕公寓吧。」

當然，自從搬來這裡後，也不是沒遇過下雨天。然而，以前下雨並沒有像這次連綿不斷，老舊的木造房子還能憑自身的恢復力，吸收濕氣後再將其釋放。像這樣長時間連續降雨，木造房屋的柱子、牆壁、天花板和榻榻米，全都徹底吸滿了濕氣，幾乎沒有機會讓這些濕氣乾透散去。

「真是下個不停啊。」

京子打開窗戶，想看看是否有放晴的跡象。就在那一瞬間——

「咦？」

她歪著頭感到疑惑，隨即發出一聲尖叫：

「呀啊！」

馬上向後跳開。窗框的邊緣，竟然趴著一條粗約八公釐、長約十五公分的壯碩蚯蚓。蚯蚓似乎也想逃離雨水，沿著外牆爬了上來。

「哇，啊，呃，唔……」

京子發出一些莫名其妙的聲音，一邊伸出手，小心翼翼地用指尖將窗戶關上。窗戶一關上，一股寒意便從她背後竄起。昆蟲、爬行動物，甚至蛇她都能忍受。蚯蚓本來也不算什麼，但她萬萬沒想到會看到這麼健壯的蚯蚓。

「啊，真是嚇死我了。」

京子抱著雙臂，輕輕顫抖著，試圖將蚯蚓的記憶從腦海中抹去，這下變得更加消沉了。

待在房間裡只會讓心情更加陰鬱，於是京子撐著傘出門散心。結果發現，外面的濕氣沒有房間裡那麼重。

「房間竟然比室外還潮濕，到底是怎麼回事？」

她喃喃自語，邊想邊朝車站走去。雖然和平常比起來人潮少了很多，但仍有一些年輕人撐著傘聚在一起。不管天氣多麼惡劣、氣候多麼煩悶，他們似乎仍有足夠的精力和體力優先去做自己想做的事。

京子回想以前那個從早忙到深夜的自己，現在已經完全停止工作，過著自己夢寐以求的生活，卻完全感受不到實際生活的充實感，這讓她感到困惑。生活應該會過得比現在更充實才對啊。或許就像真由說的：

「妳太認真了。」

京子大學時，有一個同班的男同學，給人一種捉摸不透的感覺。他總是笑嘻嘻的，習慣性地向同學借一些小錢卻從不歸還。京子曾親眼目睹借錢給他的人，吵著要他還錢，但他依然笑嘻嘻地說：

「抱歉哦～」

不管對方如何憤怒，他都只是帶著淡淡的笑容說：

「抱歉哦～」

最後借錢的人就這樣放棄了。當然，這樣的人不受同學歡迎。他沒有朋友，孤立無援。即便如此，他每天還是會笑嘻嘻地說：

「早～啊～」

然後悠哉地來學校上課。班上的同學都說：

「那傢伙到底在想什麼啊？」

大家對他冷眼相待，刻意保持距離。他被同學討厭、責罵，甚至最後被無視，但無論如何，他始終保持相同的態度。雖然金額不多，但他借錢不還的行為，還是讓人無法容忍。然而，他那種可以一直以輕佻態度面對一切的厚臉皮，從某個角度來看，真讓人覺得佩服。

（也許，我就是缺少他那種天生的厚臉皮吧。以前上班的時候，還以為自己已經夠堅韌了。）

回過神來時，京子發現自己已經不知不覺地走到熊谷女士曾帶她去過的小巷咖啡館門口。推開門走進去，發現大多數座位都已經坐滿。和星巴克相比，這裡的顧客年齡層明顯較高。約有一半是獨自到訪的中老年人，他們手捧書籍或報紙，就這樣打發時間。一張在觀葉植物盆栽陰影下的兩人座位是空的，一位看起來像是接受過良好接待訓練的年輕女服務生，拿著菜單引導京子入座。

「請給我一杯綜合咖啡。」

「好的，一杯綜合咖啡，請您稍等。」

女店員微微鞠躬後，挺直腰桿走向櫃檯。她的態度不像是照表操課，不做作也不生硬，讓人感覺十分舒服又自然。

（要是當時有這樣的職場後輩就好了。）

京子望著女店員的背影，忽然驚覺自己又想起了公司，於是立刻在心裡責備自己。

（還在想這些！不要再回想公司的事了。）

「沒錯。」

京子低聲喃喃自語，重新坐直身子。旁邊的兩人座上，坐著一位初老的紳士，眼前只剩下一點點濃縮咖啡。他穿著運動衫和棉質長褲，看起來很有品味，和泡在圖書館裡來搭訕的那位大叔完全不同。他正專注地閱讀經濟新聞的股票欄。而另一位中年女性在認真研讀手語教材，還有一名男子正翻閱厚重的歷史小說。

（大家都有自己要做的事，只有我空著手過來吧。）

腦海中浮現這個念頭的時候——

（欸，妳又說這種話了！我都說了多少次，妳什麼事都不用做啊。）

馬上出現真由無奈的表情。

（對、對不起，真的對不起。）

京子在心裡不斷鞠躬道歉時，伴隨撲鼻香氣的咖啡送上來。

「請慢用。」

一句簡單的問候竟然讓人覺得開心。隔壁的那位男性似乎在等他的太太，提著大購物袋的太太催促他起身，兩人一起離開咖啡店。喝一口咖啡，感覺身體的每一個細胞都充滿了喜悅。這股濃郁的香氣讓鼻腔也感到滿足。說到這個，以前在公司上班時，京子可說是幾乎去遍東京的知名餐廳和酒吧。然而，自己卻不記得那些料理的味道。因為都是工作相關的應酬，京子總是負責接待客戶的一方。應酬的重點並不是自己的感受，而是對方是否滿意、感覺如何、氣氛是否融洽。不管是多新鮮的魚或蔬菜、牛排、義大利菜、法餐還是懷石料理，吃起來的感覺都差不多。在老家用餐時，總是要一邊忍受母親的碎唸與抱怨，雖然不至於覺得難吃，但也從未能放鬆心情，真心感受美味。京子從未感受過，像這杯咖啡一樣，喝進肚裡後能享受那股深切的滿足，以及身體由衷的喜悅。光是明白這一點就足夠了。是啊，就這麼想吧。

京子慢慢地品嘗著咖啡，當喝下最後一口時，心裡忍不住冒出一絲遺憾。心想著，唉，喝完了。既然已經喝完咖啡，那就不能一直待在這裡發呆。

「謝謝光臨。」

耳邊響起店員的聲音時，京子依依不捨地離開咖啡館。

外頭的雨仍舊下得又急又大。撐著傘站在門口，她猶豫著到底該往左還是往右，最後還是下定決心回到潮濕的蓮花公寓。不想回自己住的地方，感覺可不是什麼好事。她一邊想著，一邊在沒人經過時小聲地說：

「可是，濕氣實在太重了嘛。」

大雨不斷，偶爾還會有傾盆大雨，雖然可以把原因歸咎到全球暖化，但說到底還是自己選擇住在蓮花公寓，才會直接受到影響。

「我太天真了……」

靠近別名「潮濕公寓」的蓮花公寓時，不知道是不是因為周圍有茂密的樹木與草叢，讓京子覺得空氣比其他地方更加潮濕。因為雨水滋潤，樹木和草叢顯得生機勃勃，綠意更濃。順帶一提，連蚯蚓也更加壯碩了。

「唉，蚯蚓啊……」

京子再度打顫，飽含濕氣的門更加難以開闔，拉了好幾次門才勉強打開。空氣中混合著除霉劑的氣味、霉味和濕氣混合成一種難以形容的奇怪氣味。正在努力運作的除濕機，水箱已經幾乎滿了。

「？」

榻榻米上似乎掉了什麼東西。走近一看，竟然是一隻蛞蝓。看來在她外出時，這位不速之客，自作主張上門看家了。

「……」

梅雨季節中這些黏糊糊的生物，似乎都能在這裡看到。這隻蛞蝓究竟是從哪裡爬進來的？需要直立攀爬的地方牠也能上來嗎？該不會是藏在床底下吧？京子急忙掀開薄被墊，再檢查床單裡面，所幸沒有發現任何軟體動物的蹤影。她拿了幾張面紙，用來隔絕蛞蝓的觸感，然後四處張望，不知該如何是好。雖然打開窗戶把牠丟到外面是最快的辦法，但窗外曾有一條大蚯蚓出沒。不知道現在還在不在，京子不想去確認。於是，她捧著面紙包裹的蛞蝓走出房間，將牠放在入口旁的樹根下。以前都說看到蛞蝓，撒鹽就好了，但聽說其實那只是因為蛞蝓脫水後縮成一小團，本體還是存在，所以她放棄撒鹽這個方法。

「到底是從哪裡爬進來的呢？」

無論怎麼檢查房間，還是不知道答案。這代表蛞蝓隨時可能再次出現。即便如此，還是比蚯蚓好多了。然而，當天晚上，衣櫥角落又出現蛞蝓二號，這讓京子再度感到沮喪。

「沒有不會天亮的夜晚」、「持續等待就會迎來好日子」、「精誠所至，金石為開」……京子默唸這些諺語，努力以吃遍咖啡館所有菜色為樂，持續光顧那家店。在完成這個小目標後不久，梅雨季節總算過去了。碰到熊谷女士時，她說：

「終於到了天氣好的季節了呢。」

但對京子來說，這很難說是「好天氣」。隨著氣溫上升、陽光變得炙熱，累積在房間裡，或者說累積在整個「潮濕公寓」裡的濕氣快速蒸發。彷彿整棟建築都在冒著蒸氣，到處傳來「劈哩啪啦」的聲音，乾燥得讓人擔心木材會因為過度乾燥而裂開。

隨著環境變得乾燥，京子總算告別大蚯蚓和蛞蝓，然而接踵而來的，卻是另一波侵襲——那就是無數的蚊子，伴隨煩人的「嗡~嗡~」聲湧現。

「天啊——」

京子還是第一次遇到這樣的情況。回想起以前在老家時，庭院裡雖然種滿樹木和花草，但家中所有窗戶都有紗窗，門也裝了雙層紗門，因此即使在戶外被蚊子叮咬，在家的時候基本上不會被蚊子叮。

「我太天真了……」

京子懊悔不已。原本看到晴朗的陽光心情愉悅，再加上沒有大蚯蚓的威脅，她大大地打開窗戶透氣。乾燥的空氣進入室內，潮濕的房間逐漸被淨化，京子甚至還愉快地哼著歌仔細打掃房間。然而，就在她蹲下檢查牆角是否還有發霉痕跡時，耳邊傳來：

「嗡～」

「哇！」

她對著看不見的敵人揮動雙手，試圖驅趕蚊子，然後趕緊關上窗戶。

「要是早點想到就好了……」

活了四十多年，居然連這麼簡單的道理都不知道，實在太丟臉了。周圍明明有這麼多樹木和雜草，會有蚊子也是理所當然，但自己竟然完全沒有意識到這點。京子坐在床邊，環顧四周，試圖找出那些討厭的傢伙。這時耳邊又響起：

「嗡～」「嗡～」

她再次揮手驅趕，聲音稍微遠離了一些。京子拿起一本週刊環視房間，終於在牆邊發現，正以不規則軌跡飛舞的蚊子。數量不止一兩隻，至少有七、八隻一起來襲。

京子拿著週刊拚命揮舞，然後迅速抓起購物袋和錢包，逃跑似地衝出房間。如果磨蹭太久，可能會被潛伏在蓮花公寓附近的蚊子攻擊，所以加快腳步。然而，沒過多久，京子感覺耳後一陣癢，顯然蚊子已經穿過髮絲，找到空隙吸血了。這讓她火冒三丈。她快步走進藥妝店，購買電子蚊香、傳統蚊香、驅蚊噴霧和止癢藥，然後急忙返回房間。她知道，室內的蚊子正等著吸自己的血。

「等著吧！我一定會收拾你們！」

在回家的路上，她一邊將止癢藥塗在耳後，一邊把驅蚊噴霧噴在身上。回到房間後，她立刻插上電子蚊香的插頭，並在窗下點燃傳統蚊香。

「這下你們知道厲害了吧！」

京子一邊搧著蚊香的煙，一邊露出得意的笑容。吸血這種事，她絕對無法容忍。雖然平時她盡量避免殺生，但蚊子是個例外。京子甚至守在房間裡，想親眼目睹蚊子的死亡，但很快意識到自己也會被煙燻到，於是走出房間。她認為隨著煙霧和藥劑充滿整個空間，蚊子肯定會全軍覆沒。

「呵呵呵。」

京子拿著驅蚊噴霧，再次露出得意的笑容。

隔壁的門打開了。熊谷女士揹著肩背包，穿著時尚地站在門口。身穿薄荷綠和淡紫色幾何圖案的寬鬆上衣，搭配白色長褲，打扮得很精緻。

「怎麼了？」

熊谷女士看著站在走廊上的京子，覺得不可思議。

「蚊子太多了！我一不小心把窗戶整個打開，現在正在用蚊香驅蚊。」

熊谷女士點點頭，平靜地說：

「哦，蚊子啊。確實很多呢。」

在蓮花公寓住了幾十年的她，這種事已經稀鬆平常。

「那我先走了。」

熊谷女士向京子微微點頭後離開了。

京子看著她的背影，心想自己完全無法想像她到底要去哪裡。從小夏小姐的房間裡，傳來了刺耳的笑聲。那個像牢房般的房間裡，究竟棲息著什麼樣的生物呢？這點她也無法想像。不過，比起這些，眼下最重要的還是消滅蚊子。

大約過了十分鐘，京子輕輕地推開房門，發現房間裡瀰漫著適量的煙霧，還散發著電子蚊香的氣味。她仔細查看榻榻米，竟然發現有幾隻蚊子倒在地上。

「成功了！」

京子忍不住握緊拳頭，擺出一個勝利的手勢。床上也有兩隻蚊子屍體。今天的收穫是八隻蚊子。

「誰叫你們想吸我的血！」

京子用面紙捏起蚊子準備丟掉，卻發現其中一隻蚊子身上滲出了血跡。

「就是這傢伙，吸了我的血！」

京子將面紙揉成一團，丟進垃圾桶。

然而，問題是之後怎麼辦？今天是搞定了，但接下來呢？京子一邊熄滅蚊香，一邊思索。房間沒有空調，窗戶必須打開，可是以現在的情況來看，蚊子一定會捲土重來。是該打開窗戶，然後繼續使用驅蚊工具，還是尋找其他方法？就在這時，京子突然感到喉嚨發癢，忍不住乾咳起來。看來，自己也被煙霧燻到了。

「還是裝紗窗吧。」

話雖如此，窗框的構造是無法安裝紗窗的，只能自己動手做。玄關門只能放棄，但至少窗戶可以安裝紗網。京子決定量好尺寸，到五金行請人裁剪紗網，然後購買圖釘。

「這種事應該在買驅蚊蟲用品時就順便做，這樣就不用費兩次工了。」

為什麼當下沒想到呢？我真是沒用……京子失落地在商店街奔波，買齊紗網和圖釘。如果每個窗戶都完全用紗網蓋住，曬衣服會很麻煩，於是京子決定只蓋一半，用封箱膠帶固定紗網的邊緣，然後用圖釘把紗網釘在窗框上。另一半窗戶就有點麻煩，每次需要打開時，只能把圖釘拔下，再重新固定。經過三十分鐘的努力，終於完成簡易的防蚊網。

即使只是簡易的紗網，和沒有的時候大不相同。侵入房間的蚊子數量明顯減少。在除濕機全力運轉的季節後，換成驅蚊產品全面啟動。玄關門沒辦法裝紗網，所以京子開關門都加快速度，無論是曬衣服還是收衣服，都盡量快速完成。儘管如此，到了晚上，還是會聽到蚊子的嗡嗡聲。某天還看到開著的窗戶旁，紗網上停著兩隻金龜子和蚊子。京子得意地想著「嘿嘿，你們可進不來」的時候，那隻蚊子卻從圖釘和圖釘之間微微彎曲的地方，鑽了進來。蚊子不僅能飛，還能徒步穿越紗網。儘管因為有驅蚊工具，蚊子無法在房間裡飛來飛去，能量也很快就消耗殆盡，最後會掉在榻榻米上。不過，要是在牠們剛進入房間，人又靠得近，很有可能被吸血。

「蚊子，真是可怕耶。」

京子不禁感嘆，對牠們吸血的執著，甚至感到有些佩服。

盛夏時節，蓮花公寓的草木像叢林一樣茂密。離京子房間窗戶最近的地方，長了一種不知名的草，那些蔓藤像是握拳的手一樣纏繞。要是沒有簡易防蚊網，簡直像露宿街頭一樣，不禁令人感到驚恐。就在大家都悠哉度過盂蘭盆節的連假時，齊藤房間裡傳來女人的聲音。哇，真難得。京子心理這麼想，然後不經意地聽著他們對話，似乎是他母親的聲音。

「那個啊，你記得角落的那家魚店『岩木屋』的老闆嗎？你認識吧？就是那個經常戴著頭巾的老頭，聽說他再婚了，還是透過介紹所認識的呢。他那個人雖然有點外貌協會，不過現任妻子並沒有特別漂亮，是說人很好就是了。」

「是喔……」

「對了對了，車站前那家裝潢成白色和粉紅色的咖啡館，倒閉了哦。因為大家都跑去車站前的『Echo』了。畢竟『Echo』的咖啡更好喝嘛。」

「是喔……」

「還有啊，你表弟小健在煩惱是要透過棒球推薦升高中，還是去別的學校。推薦的學校有宿舍，但離家很遠，所以他媽媽反對。」

「是喔……」

母親一直叨叨絮絮，而他只是回應「是喔……」。天下的母親好像都差不多。

「對了，你怎麼打算呢？要待在這裡到什麼時候？」

聽不見齊藤的聲音。

「你爸也說，希望你趕快回家幫忙。你能不能乾脆辭職啊？」

他母親知道兒子在那家店裡，被暴躁的老闆暴力相向嗎？在客人面前丟臉，卻還是忍著繼續工作。

「不知道耶。」

齊藤低聲回應。

「反正待在那邊，老闆也不會讓你掌廚。回家吧。爸媽年紀越來越大，身體也越來越吃不消了。趁現在，你爸還能教你很多東西。」

我也這麼認為。京子點了點頭。

「當然，我知道這邊比鄉下有趣又好玩，可是如果你不全心全意投入家裡的店，以後就麻煩了。好了，我也不是要你今天或明天就回來，老闆應該也有他的安排，你可以跟老闆商量，看能不能在今年之內回家。這種事情，我這個當媽媽的沒辦法插手，你得自己好好處理才行。」

之後再也沒聽到齊藤的聲音。他母親則繼續說了一個多小時，內容全是鄰里八卦和身體那裡痛、這裡不舒服之類的身體狀況。最後，兩人一起離開了房間。

傍晚的時候，有人敲響京子的房門。

「我是齊藤。」

他站在門口，手裡拿著兩個包裹。

「妳好。那個，其實是我媽來過，她說這個要送給大家。都是些煮高湯的昆布……不知道妳願不願意收下？」

他的語氣沒有特別親切，但也不討人厭，只是平靜地說完。

「昆布？啊，謝謝，能用來熬湯，真是太好了。」

「是嗎，那就好。」

看到他露出微笑，京子心裡也覺得高興。

「非常感謝。我會好好使用的，請代我向令堂問好。」

「好。打擾了，我先失陪。」

齊藤深深一鞠躬，接著似乎是往熊谷女士那邊去了。

「啊，請代我向您母親致意。非常感謝。這昆布真的很美味呢！」

隔壁傳來熊谷女士的聲音。齊藤以後會怎麼做呢？繼續忍受老闆的暴力和辱罵，待在那家店裡嗎？

「辭職吧、辭職吧。」

京子小聲對牆那邊的他這樣說，但隨即意識到現在可沒空插手別人的事情，然後一個人默默臉紅。

8

夏天能一直待在家，對京子來說真是感激不盡。這是最奢侈的享受了。雖然應付蚊子的襲擊，但樹蔭遮住了陽光，吹來的風也算涼爽。當天氣熱得無法忍受時，她便採用電視節目中，建議老人家的防中暑方法，譬如說將小型寶特瓶裝滿水後冷凍，放在腋下或頸部降溫。雖然早就下定決心，但心裡還是會偶爾閃過「這樣真的可以嗎？這樣下去真的沒問題嗎？」的疑惑。不過，至少在夏天無須工作，讓京子感到非常開心。

「要是住在一年四季氣溫都這麼高的地方，絕對不會去工作吧。」

她對於居住在地球上氣候炎熱地區的人，白天懶洋洋地保存體力，十分感同身受。那並不是懶惰，不工作是為了身體著想。在家裡無所事事的京子，與總是精力充沛的熊谷女士形成了鮮明對比。即使在炎熱的夏天，熊谷女士依然做著體操，哼著小曲晾衣服。到了夏天，熊谷女士會穿橙色或紅色的T恤，非常適合她深色的肌膚，完全就是夏季美人。

以前還在公司上班時，業務部的男生一到夏天就為難不已。他們說，滿身是汗去見客戶，會被對方公司裡的女員工嫌棄。

「為什麼？這不是沒辦法的事嗎？天氣這麼熱。」

京子感到驚訝。以前若是滿頭大汗地去見客戶，對方通常會不好意思，哪怕是可能會起爭執的會議，對方也會說：

「總之先喝杯冰涼的飲料吧。」

藉此表達慰勞之意。然而，近年來這個社會對汗水和氣味極度排斥，滿身大汗拜訪客戶時，女員工會露出：

（這人是怎麼回事，竟然流這麼多汗。）

一臉嫌棄的表情，而且遠離前來拜訪的人。不只年輕女性，甚至連同年齡的男性也會投來：

（滿身是汗、不怎麼樣的傢伙。）

這樣的眼神，令業務部的男生苦惱不已。京子覺得不可思議，心想這是在要求人類放棄汗腺嗎？如果對方汗流浹背地現身，的確會擔心對方是不是身體不適，但不會因此感到厭惡。然而現在的情況卻完全不同。

「所以我們得控制喝水量，或者全身都噴止汗噴霧，真的很辛苦欸。在烈日下走路後果不堪設想，所以一下電車，就算距離很短，也會選擇搭計程車。否則一定會大汗淋漓。」

年輕人也在用自己的方式努力戰鬥，但京子不禁嘆了口氣。

「唉──」

「這也是沒辦法的事啊，誰叫我們還活著呢。」

雖然讓對方感到不愉快確實不妥，但無視生物本能也太奇怪了吧。

「現在的我真的是不得了，汗流個不停呢。」

雖然沒有像公司那些年輕人誇張，但京子或許也做過類似的事情。在有空調的辦公室裡，她覺得用止汗噴霧和淡香水是禮儀，所以幾乎不出汗，但身體越來越沉重的時候，她就會去岩盤浴讓身體流汗，並把這種行為稱作放鬆或紓壓。如果平時就正常出汗，根本就不用花錢去那種地方。

「看來，我也被這個世界的金錢模式耍得團團轉啊。」

但想到自己也是其中的一分子，說起來算是共犯。

「啊……希望秋天快點到來。」

京子最喜歡的季節，就是沒有濕氣、涼風徐徐的秋天。

然而，殘暑仍然持續不散，京子在盼望秋天心情中，度過好一段日子。直到某天，她發現待在房間裡時，竟隱隱有些寒意。

「這裡的氣候變化還真是分明呢。」

京子感覺自己像是住在名為蓮花公寓的帳篷裡。即便如此，和夏天炙熱的天氣相比，現在已經好多了。她沒想到，從公司解脫的退休生活，竟變成需要忍受氣候轉變的日子。

「無論如何，人似乎註定要忍受一些事情呢。」

人生果然沒那麼輕鬆啊。

夜晚，整個蓮花公寓只有京子一個人。熊谷太太的房間裡沒開燈，齊藤的房間也是一片漆黑，最近沒什麼聲音。旅人小夏可能在家，但京子也不太確定。

「嗯……」

她不明白為什麼自己要「嗯……」，但就在這聲「嗯……」剛出口時手機就響了。是哥哥打來的。

「怎麼樣？過得好嗎？」

「嗯，沒生什麼病。不過被蚯蚓和蚊子襲擊過，很慘。」

「哇……聽起來像是在山裡過日子。」

「真的，有那種感覺。」

「有這種經歷之後，應該住哪裡都能適應吧。」

「耐受度有經過鍛鍊。」

「對了，我是要跟妳說玲奈的事，她要過生日了。」

這個聽起來像模特兒名字的玲奈，是哥哥的女兒。

「啊，對欸，十月二十日，對吧？她今年幾歲了？」

「十一歲。學校的朋友會在週日參加生日派對，我們家另外規劃晚上去餐廳慶祝。妳覺得怎麼樣？」
「覺得怎麼樣？你是問我嗎？」
「是啊。我們家希望妳能來，但有一個人一直在碎碎唸。」
「原來如此。」
看來母親的怨氣還沒消退。
「我說了，女兒都已經四十多歲，已經是個成年人，就讓她自己去過想過的日子吧。但她還是一直在抱怨。」
「因為事情沒有按照她的意思發展吧。我早就習慣了，從以前就是這樣。」
「她一直在說什麼『太丟臉了』這種話。」
「是喔……」
「我們也擔心，萬一妳難得來了，卻覺得不愉快，那就糟糕了。」
「比起我，玲奈他們察覺到氣氛很奇怪，因此不開心，才更讓人覺得可憐。我去不去都可以。」
「好吧，那我就當作妳會來，先按照這個人數訂位。」

哥哥提到的餐廳，是一間位於飯店頂樓的日式料理店。為了十一歲的孫女，全家在飯店慶祝生日，母親一定很高興吧。

一小時後，京子收到一封郵件。

「媽媽」

標題是漢字，母親似乎已經學會拼音轉漢字的輸入法了。

「生日宴會那天，穿正式的衣服來參加。」

京子連生氣都氣不了。

她從衣櫥裡拿出一套淡灰色布料上帶有黑色花紋的西裝，掛在房間裡。這套西裝已經很久沒穿了，幸運的是沒有被黴菌侵襲。京子鬆了一口氣，但隨即產生了新的擔憂。

「還穿得下吧？」

如果不行，就沒有適合外出的衣服了。她試穿了一下裙子，感覺沒問題才放心。或許是因為搬來蓮花公寓之後，必須每天自己煮，吃得清淡的緣故。住在這裡之後，生活的需求幾乎都能在社區內解決，就算是搭個十多分鐘的電車，也讓人覺得像是要「出遠門」。

「嗯……鞋子和包包也要準備一下。」

留下來沒有丟掉的西裝，也保留了可以搭配的小配件，至少能湊出一套得體的裝扮。衣服也就罷了，和母親見面仍是一種折磨。雖然在公司工作二十多年，即便內心抱著完全相反的想法，也能保持表面笑容可掬。雖然應該可以應付過去，但終究還是取決於對方的態度。完全沒有任何工作經驗的母親，只會一直丟直球。她心中想的和嘴裡說出來的話完全一致，從某個層面來看，也可以說她坦率沒有心機，不過一旦發生爭執就糟了。因為她從來不懂得體諒他人。

「不要指望她體諒我就好了……」

雖然自認已經很了解母親的個性，但真的見到面時，還是會很火大。事後也會反省自己不夠成熟，但同時又會想說：

「身為父母，能不能稍微成熟一點呢？」

京子辭職前，有個喜歡靈修的年輕同事曾經說：

「聽說小孩是自己選擇父母，才來到這個世界的。所以即使再怎麼辛苦，也是自己選的，這些都是人生修行的一部分。」

「原來如此。」

當時在場的年輕女性認真地點頭附和，只有一位五十多歲的女性主管斬釘截鐵地說：

「哈，雖然可以在腦海裡自我安慰，但現實才沒那麼簡單！人生就是一場戰鬥，是戰鬥！」

年輕的女孩們嚇得驚呼：

「好可怕喔～」

京子再一次認識到，活生生的人類真的很難應付，尤其是親人。按照正常的順序，應該是母親先一步離開這個世界，但當自己步入中年後，便開始產生懷疑：

「真的是那樣嗎？」

像母親這種意志堅強的人，似乎總能打破順序，硬是留在世上不走。至少我們家，會這樣的可能性特別高。

「嗯，算了，就算是這樣也無所謂。」

無論如何，京子只希望盡量避免與母親過多接觸。

生日會當天，京子站在鏡子前，看著身穿西裝的自己，總覺得無法融入這身衣服，感覺好奇怪。踩上久違的五公分高跟鞋，感覺自己被抬高，總覺得有些不自然。她為姪女準備的生日禮物，是在車站附近的進口雜貨店買的北歐印花布包。那裡到處都是年輕人喜歡的東西，真的太慶幸了。京子既沒有交通卡也沒有西瓜卡之類的電子支付工具，用售票機買票的感覺非常新奇。久違地搭上電車，車廂的震動讓她在過彎時不由得跟著搖晃了一下。或許是因為腿力變弱了，無法適應這個世界上的交通工具了。

當電車抵達車站，她一踏出站外，看到滿街的車輛和人潮，頓時覺得頭暈目眩。走在人行道上，彷彿隨時會與路人相撞似的。趕著回家的通勤族、正在準備展開夜生活的年輕人、此刻已經黏在一起的情侶們、談笑風生的中年婦女團體。京子不屬於其中任何一個群體。霓虹燈、車燈、人潮和高樓大廈的壓迫感，曾經是她習以為常的景象。她也曾在這樣的環境中度過大部分的時間，但現在這一切都變成截然不同的世界了。

當她抵達飯店，走進頂樓的餐廳時，發現餐廳已經準備好一間包廂。哥哥全家和母親都已經到場。

「妳遲到了！」

久違地和家人見面，母親說的第一句話就是這個。母親之前特地發郵件，叮囑京子要穿得正式一點，而她自己則穿了一件京子沒見過的和服，淺咖啡色的布料上點綴著飛舞的小銀杏葉。

「京子沒有遲到啦，是我們太早到。妳看，現在還早五分鐘呢。」

「京子，別擔心，我們也才剛到。」

大嫂加奈子出面打圓場，哥哥也把手錶的時間指給母親看，但母親看都不看就一直叨唸：

「竟然讓大家等……」

她顯然非得抱怨幾句才肯罷休。當京子坐下時，母親從頭一路打量到腳尖，雖然沒說話，但看來衣服是過關了。
「京子姑姑，好久不見！」
玲奈穿著可愛又時尚的短版上衣，開朗地打招呼。
「玲奈越來越有姊姊的樣子了呢。」
「咦，真的嗎？」
她有些害羞，但明顯已經不再像小學生那樣充滿稚氣。大五歲的姪子圭則梳著類似山本裕典的髮型，也不能說是小男孩了。
「真的啊，你們兩個一陣子沒見，就長這麼大了呢。」
兩人只是默默地笑著。
「聽說玲奈的生日會來了不少男生呢。」
哥哥調侃道。
「才沒有呢，一半一半啦。」
「大部分是男生吧？」
「都說不是了啦！我明明給爸爸看過收到的禮物，又不是全都是男生送的。」

「不要那麼大聲，就算是包廂，聲音還是會傳出去喔。」

加奈子溫和提醒，玲奈立刻乖巧地點了點頭。圭也沒有像一般的青春期男孩那樣封閉，反而積極參與家人的對話。

（真是個和樂的家庭，看起來沒有任何問題。）

京子雖然也是其中一員，但彷彿透明人，正在觀察這幅理想家庭的樣貌。

「京子姑姑，妳現在在做什麼呢？」

玲奈天真地問道。

「啊，呃，那個，嗯，很多啊，那個……」

哥哥突然有些慌張。

「什麼？」

玲奈歪著頭問道：

「妳搬家之後住在哪裡啊？」

當京子說出地點後，她驚呼：

「哇，好棒喔！那裡有好多可愛的小店呢！」
「好像很受年輕人歡迎呢。」
「是啊，大家都很喜歡。姑姑，下次我可以去找妳玩嗎？」
「啊，嗯，當然，歡迎妳來玩。」
「哇，太好了，那我什麼時候去好呢？」
這時，沉默的母親突然嚴厲地說：
「不可以。妳不准去那種地方。」
孩子們瞪大了眼，大人們也渾身僵硬。
「為什麼啊？」
圭似乎被母親的語氣惹毛了，顯得有些不高興。
「沒有為什麼。那種地方不適合玲奈去，真的很髒。」
「很髒？」
這次輪到圭看向京子。
「如果說髒的話，可能是有點髒，但我自己很喜歡呢。」

京子笑著說。玲奈則淡淡地回了一句：

「是喔……」

然後就不再提起這個話題，或許她也察覺到了什麼吧。

此時，服務生適時地進來上菜。幾道前菜精緻地擺在盤中，每一道都非常美味。京子以前上班時，為了接待客戶來過這裡多次，但這還是第一次真正細細品味料理。話題大多圍繞著玲奈和圭的學校生活，甚至談到出國留學的計畫。

「接下來，英語已經是最低要求了。」

母親插話這樣說。

「是啊，我學英語時吃了不少苦，還是得把自己逼到非說不可的環境，才真的能學會。」

「加奈子大嫂的英語很好呢。」

京子這樣接話，嫂嫂謙虛地回應：

「哪裡哪裡，只是有過短期寄宿經驗而已。即使到了國外，日本人還是習慣聚在一起，講日語過生活。如果不下定決心，真的很難學好。我就是個好例子。」

「才不是呢！哥哥說大嫂英語好真的幫了他很多忙，他的重要文件都是請妳翻譯的呢。」

「翻譯和對話不一樣的啦。要流利地對話，還是很吃力啊。」

「不能對話就沒意義了嘛。」

「沒錯，完全沒意義。」

圭和玲奈也加入討論，氣氛越來越熱烈時，母親突然說：

「京子沒有資格說這些話，閉嘴吧。」

「妳幹嘛說這種話，太奇怪了吧？」

哥哥苦笑著搖頭，無奈地替京子說話。

「我們好不容易讓妳讀大學，結果妳辭職，成了一個無業遊民，真的是丟人現眼。」

母親眉頭深鎖。

「妳辭職了嗎？」

圭小聲問道。

「是啊，我辭職了。」

「哇——那麼有名的公司耶，大家都想進去的地方，真是可惜。要不讓我去代替妳吧。」

京子忍不住笑出聲來，哥哥和嫂嫂也露出苦笑，只有母親依然板著臉。

「圭、玲奈，你們兩個一定要好好用功讀書，感謝爸爸媽媽，千萬別像這個人一樣，明白嗎？」

母親指著京子說完，又一臉若無其事地繼續用餐。

「好了啦，不要再說了。」

哥哥一邊苦笑，一邊試圖打圓場。

「沒錯，如果不好好努力，就會變得像我一樣，所以你們兩個一定要加油喔。」

京子以輕鬆的語氣回答，但她看得出姪子姪女仍然很困惑。

「好了，這個話題就到這裡結束。」

哥哥趕緊轉移話題，這次是討論要不要養狗的家庭會議。

「我想養迷你臘腸犬。香織家的咪咪超級可愛。泰迪貴賓犬也很可愛呢。」

玲奈果然還是受流行影響很深。

「其實啊，我生日的時候就很想要養一隻小狗，但媽媽說不行。」

她看著京子，一臉遺憾。

「小狗、小貓這些小動物，不能拿來當作禮物。媽媽也反對去寵物店買。如果真的要養，也要從領養的地方或是獸醫那裡帶回來，這是約定喔。」

這種時候，平常溫和的嫂嫂就會十分堅定，讓京子對她更加敬佩。

「沒錯，我們家不從寵物店買小狗。如果真的想要，就去查查看有沒有適合的領養資訊，然後告訴爸爸媽媽。」

聽到父母這麼說，玲奈答應道：

「好，我會上網查查看的。」

「我什麼狗都可以，小狗都很可愛啊。」

「說得沒錯，養了之後就會覺得每一隻都很可愛。」

一家人閒話家常的時候，菜一道接著一道上桌，每道都非常美味。母親從那之後再也沒有說刺耳的話，只是安靜地用餐。

甜點上桌前，京子將禮物送給了玲奈。母親拿出正在修改的和服照片讓玲奈驚喜不已，父母則送了一雙靴子，圭送了一副手套。而京子送的包包則讓玲奈特別開心，「這個包包我在雜誌上看到過，真的很想要，超開心的！一定是我們心有靈犀。」

玲奈緊抱著包包。

「太好了。」

京子鬆了一口氣，圭卻笑著對她說：

「妳辭職了，卻沒有脫離社會上的潮流耶。」

京子一時不知道該怎麼回應，只能陪笑。

吃完令人滿意的晚餐後，一家人從飯店離開。圭和玲奈的身高明顯比以前高了不少。

「要不要我送妳回去？」
哥哥這樣問，母親卻低聲說：
「幹嘛送她。」
「不用了，搭電車十分鐘就到了。」
「這樣啊，那妳路上小心。到家後記得發個訊息給我。」
目送一家五口開車離去，京子步行前往車站。儘管有快車，但她選擇搭普通電車，因為人潮會少一些。她不想再擠進擁擠的車廂裡。果然，普通電車裡的乘客只是剛好坐滿而已，讓人覺得舒適許多。到站後，她看到幾個喝醉的年輕人鬧哄哄地聚在一起。不過這條路行人不少，不算太危險。路上遇到幾對緊緊依偎的情侶後，京子終於回到自己的房間。熊谷女士的房間亮著燈，而齊藤的房間則仍是一片漆黑。
當京子打開門鎖時，頭上裹著毛巾的熊谷女士從房間裡走出來，似乎是要去洗澡。
「啊，真不好意思，我剛好穿成這樣。晚安，妳剛剛出門回來嗎？」

「嗯，我和哥哥全家還有母親一起吃飯。」

「喔，那很好啊。」

「隔壁這陣子好像都不在呢？」

「啊，妳不知道嗎？齊藤回老家了，應該是要繼承家裡的店吧。畢竟在這邊也沒有什麼發展。這麼做對他來說是好事。聽房地產仲介家的女兒說，他們暫時不會再租給別人了。」

這樣一來，住戶就只剩下熊谷女士、京子、旅人三名女性了。

「以後也請多多指教。那我失陪了。」

熊谷女士說完，便關上淋浴室的門。從旅人的房間裡傳來了西塔琴的音樂聲。

「嗯……原來如此啊。」

雖然連自己也不太清楚這個「原來如此」是針對什麼事情，但京子還是忍不住脫口說出來了。

回到房間，京子坐在床邊，回想起母親的話，雖然有點生氣，但看到哥哥全家讓她的心情稍微平靜了下來。自己既沒有結婚，也沒有孩子，彷彿放棄成家立業這項任務。心裡或許對親人有一些小小的不滿，家人之間確實也有一些問題，但這個夜晚還是讓京子再次感受到擁有一個幸福的家庭是一件多麼美好的事。

9

直到十月快結束時，仍然會有突如其來的雷陣雨和驟雨般的大雨。京子一邊望著窗外的樹木和草地，一邊沉浸在過去上班時的回憶裡。

「簡直像印尼一樣。」

不久之後雨雖然停了，但天色漸暗，狂風依舊不減。最近的天氣顯然有些反常。

「好冷啊……」

坐在榻榻米上時，冰冷的寒意逐漸襲來。窗戶的縫隙透著冷風，榻榻米下彷彿冷凍庫。京子從壁櫥裡拿出毛毯鋪在地上，又用毛巾毯裹住腰來禦寒，卻只是聊勝於無而已。

「真的好冷。」

雖然冬天還未真正來臨，但這麼冷的天氣讓京子感到不知所措。她對這間房子的老舊和狹窄早有心理準備，但像露宿街頭般被外界天氣所左右的環境，究竟要多久才能適應呢？

「啊，冷死了。」

連打了三個噴嚏後，鼻子開始堵住，感覺像是感冒了。

「不行，這樣下去不行。」

她想著盡可能減少與榻榻米的接觸，走路的時候會穿兩層襪子。煮一碗葛粉茶，在裡面加入薑汁，慢慢喝下以保持體內的溫暖。之後，她乾脆將活動範圍轉移到床上，盡量不再在榻榻米上停留。

京子非常喜歡秋天。不知為何，初春時常常會有輕微的頭痛，這點讓她覺得鬱悶，所以無法喜歡春天。而秋天的空氣清新涼爽，真的很適合生活。不過季節變化，她原本就不喜歡的春天變得更短，秋天被漫長的夏天和過早的冬天夾在中間，加上持續降雨，清爽的日子剩下沒幾天。公司的一個年輕女生曾經含著淚說：

「我只有在花粉症發作的時候才感覺到春天的存在。」

接下來，也許只有當她坐在房間裡，開始覺得冷的時候，才能感受到秋天的存在吧。

「這個……該怎麼辦才好呢？」

原本還在窗戶裝紗網防蚊，現在卻得開始考慮如何防風了。

「好像有一種叫做縫隙膠的東西吧。」

記得還住在老家的時候，在超市購物順便閒逛時，看到過這種商品。原本打算隔天就去買，結果第二天的天氣熱得讓人滿身大汗。

「這到底是怎麼回事！」

京子不禁一股怒火湧上心頭。雖然不如夏天那麼熱，但蚊子又開始肆虐，只好重新裝上之前拆下的蚊帳。季節不斷前進又後退，讓人摸不著頭腦。這樣下去，整年都得讓紗窗和暖爐保持在隨時待命的狀態，按照當天的天氣而非季節來調整。

「這地方，真的只能遮風蔽雨耶。」

不過，京子又想，以前的日本人也曾住在這裡，原本就是這樣的建築物。

然而，她也不禁疑惑，當初為什麼會選擇這樣的房子呢？

「說穿了，還是因為房租吧。」

她回想起，當時在自己選定的區域裡，根據房租篩選後，只有這裡符合條件。而且有樹木和草叢環繞的這棟公寓，也讓她覺得很喜歡。如果換個區域，同樣的房租或許能找到更舒適的房子，應該也有面積更小但建築年限較新的房子吧。住在離市中心較遠、大多是上班族家庭聚集的郊區，或許也會更適合居住。但是她知道，住在那種地方，自己絕對會顯得格格不入。那些地方無法容忍「不知道在做什麼的人」，沒有明確目標或身分的人很難在那裡過日子。然而這個地方，卻讓她感受到一種能包容各式各樣「奇怪的人」的寬容氛圍。確實，光是在車站周邊散步，就能見到許多令人摸不著頭腦的人，但這種狀況反而讓她覺得有趣。既然好不容易辭掉工作，又搬去一個整潔有序、居民也都期待整齊體面的社區，對她來說只會讓人窒息。

雖說是抱著喜歡的心情住在這裡，但從一開始直到最近，京子都一直在思考自己住在這裡的意義。住在這裡的感覺，有時像是在修行，忍受了這麼多，理應有些好事發生才對。然而，至少到目前為止，什麼好事都沒有發生。聽說足球彩券的獎金累積到數億日圓時，她開始動搖，覺得或許在這裡買一張會中大獎。但是自己現在沒有收入，實在無法花錢買這種東西。京子對自己膽小怕事的性格感到有些厭煩。

到了晚上，她忍不住打電話給真由。

「我最近總在想，住在這裡到底有什麼意義？」

這樣的煩惱，好像之前也跟真由說過。

「嗯……」

真由思索了一會兒，「沒什麼意義吧。只是剛好那個房間空著，房租又在預算內，就這麼簡單而已。」

「喔……嗯，也確實是這樣沒錯。」

「因為妳老是想要賦予意義，才會這麼煩惱。不是有句話說嗎？『愚人多慮』。」

「妳說得沒錯。結果就是因為沒什麼事做，才會想一些多餘的事。」

「對啊。現在什麼都不要想才是最好的。」

京子抱怨說，自己先是受了黴菌的苦，接著又被蚊子襲擊，現在還得煩惱門窗縫隙的風和寒冷的問題。

「那也沒辦法啊，無論什麼房子都不可能是完美的嘛。」

「唉……」

「妳再怎麼煩惱，從縫隙透進來的風也不會因此停下，房間也不會變得溫暖起來。妳只要冷靜地一一解決問題就好，反正總是有辦法的嘛。」

「妳說得很有道理。我明明過著這樣的生活，卻還想著要過得更輕鬆，是不是太貪心了呢？」

「嗯……可能是妳享受生活的方向不太對吧。房間裡的一切都布置得完美無缺，確實是很輕鬆，但住在需要自己動手改善的房子裡，也有它的樂趣。妳不妨試著這樣想。」

「說的也是，我可能就是無法用那種方式來享受生活吧。還是有點依賴心理在作祟。」

「如果真的不喜歡住在那裡，那就搬家啊。但妳又不想搬，不是嗎？」

「是啊，就是這樣。」

真由忍不住輕聲笑了出來。

「我真是沒出息。」

「所以叫妳不要這麼想嘛。雖然自信過頭也有問題，但太過貶低自己也是一種問題喔。」

和她聊了一會兒，京子的心情就平靜了下來。自己總是這樣依賴真由，雖然知道說這種話，又會再被訓斥一次。

「我這邊呢，一點都沒改變，還是老樣子。」

真由忽然壓低聲音，語速也變快了。真由自己也有些無法解決，或者說選擇不去解決的問題。明明之前就意識到這一點，現在卻又在思考同樣的事情。究竟要到什麼時候，她才能徹底釋懷呢？會反覆想同樣的事情，是否正是因為她還無法接受某些事實呢？

「或許就是因為我太鑽牛角尖，才會這樣吧。什麼都不想，真的好難啊。」

活了四十幾年，她仍覺得自己什麼都不懂。京子搖了搖頭，耳邊傳來蚊子「嗡——」的一聲，在附近飛來飛去。

隔天，京子準備去買縫隙膠和其他一些食材時，突然有人敲了她的門。自從搬來這裡之後，門縫有被塞過幾次宗教傳單，但可能是因為公寓外觀太過簡陋，推銷員大概看了就覺得：「這地方不行。」結果從來沒人上門推銷過。

「您好。」

一個男人的聲音，說出附近警察局的名稱。京子驚訝之餘打開門，見到一名手持文件夾、穿著制服的年輕警官正向她敬禮。

「您好，打擾了。」

「啊，呃……您好。」

京子也慌張地低頭鞠躬。

「那個……您是笹川京子小姐吧。今年搬來這裡。最近這一帶有點狀況，發生了好幾起入室竊盜案。請問您有發現什麼可疑的地方嗎？」

「沒有，沒發現什麼異常。」
「車站前經常到深夜還聚集了很多人對吧。您有沒有遇過什麼令人害怕的事情？」
「沒有，完全沒有。」
「這樣啊。那麼……笹川小姐您是自己住……冒昧地請教一下，您目前的職業是？」
京子一時語塞。
「呃……我現在沒有工作。」
「沒有工作……也就是說，您目前是無業狀態？」
京子感覺到他突然緊張起來。
「是的。」
「是從公司離職了嗎？」
「是的。」
「冒昧再問一下，您以前從事什麼工作？」

「我以前在一家廣告代理公司工作。」

為了不讓對方覺得自己是怪人，她還特意說出前公司的名字。聽到之後對方才用力點頭說：

「哦，原來如此。嗯。」

似乎被那家公司的名聲所折服。即便如此，京子還是注意到他一邊點頭一邊透過敞開的門悄悄打量屋內的情況。

（他在懷疑我。）

雖然自己沒有做任何虧心事，但京子的心臟還是怦怦跳。

「百忙之中打擾您了，真的很抱歉。請務必注意鎖好門窗。如果有什麼情況，不論白天還是晚上，都請立刻聯絡我們。這是警局的電話號碼。那我就先失陪了。」

他遞給京子一張印有電話號碼的小貼紙，禮貌地道別後便離開了。關上門後，京子側耳傾聽，發現他越過熊谷女士的房間，直接走到小夏小姐的房間，敲了幾下門，但似乎沒有人回應，他才離開了公寓。

「我果然被當成可疑人物了。」

懷疑小夏小姐可以理解，但自己被當成同類實在很意外。

「為什麼他沒有去熊谷女士那裡呢？」

京子納悶地歪了歪頭。

「是因為她年紀大？還是我搬來之前他們已經見過，所以認為不用查？」

京子再次歪頭思考，心想他來這裡究竟是不是單純巡視。會不會是因為有人通報這裡有可疑住戶，所以才上門檢查？在他和他的上司眼中，熊谷女士不是可疑人士，而京子和小夏小姐則是待觀察對象。像她這樣到了中年，不工作又獨居，對那些身穿制服的公務員來說，不知道會有什麼樣的印象。雖然被警察當成可疑人物很不愉快，但她也清楚，自己一提到以前工作的公司名稱，他的態度立刻轉變，這也是社會現實的一部分。本來想融入這個城鎮生活，卻發現社會沒有那麼容易接納自己。

一到十一月，就變得更冷。京子受不了寒冷，只能整天開著電暖爐，身穿新買的厚抓絨帽T，下半身用毛毯層層包裹，但依然瑟瑟發抖。儘管她早已用縫隙膠加強密封窗戶還是不夠。冷空氣不僅從窗戶，還從天花板、牆壁，甚至榻榻米下不斷滲入。

「好冷啊——」

她無法離開暖爐一步。去廁所成了一種折磨，感覺像在野外解決一樣。更不用說使用浴室了，於是每天去澡堂泡澡暖身成了她的日常。

某天，京子準備出門買東西時，隔壁的熊谷女士剛好從房間走出來。

「哇！」

京子嚇了一跳，忍不住向後退了一步。熊谷女士戴著一頂紅底北歐風編織圖案的毛線帽，然後戴著大尺寸的口罩，脖子上圍著圍巾，穿著一件厚重的羊毛夾克，整個人包緊緊，像是剛從珠穆朗瑪峰歸來的聖誕老人。

「好冷啊。」

熊谷女士用低沉的聲音喃喃說道。

「真的，我完全沒想到這裡會這麼冷。」

「是啊。妳是第一次過冬嘛。但對我來說，每年都覺得越來越冷。身體會冷得縮起來，脖子就特別僵硬，真是讓人受不了。」

她一邊說一邊在轉動脖子的樣子，但頭幾乎沒有動。

「前幾天，警察來過了。」

「警察？」

「一位年輕的警官，手裡拿著檔案夾，說是為了防範犯罪在巡邏。」

「啊，他們偶爾會來。我之前也遇到過幾次。我猜可能是他們察覺到什麼可疑的動靜才會出現，我都有盯著呢。」

「可疑的動靜？」

「對呀，可能收到是恐怖分子、激進分子之類的通報。他們應該是檢查住在公寓或大樓裡的單身住戶吧。」

「果然，我是被懷疑了嗎？」

「既然是為了查有沒有可疑人物，那基本上大家都會被懷疑吧。不過別擔心，他們應該已經知道妳不是那種人了。」

「真的嗎？我覺得自己看起來是挺可疑的。」

「是嗎？不過，說實話，住在這裡的每個人，要說怪也確實有點怪吧。」

熊谷女士哈哈大笑著，「不好意思，我去一下廁所。」

她慢慢地朝廁所走去，打開門的同時笑著說：

「穿太多衣服了，如果不緊緊抓住前面的管子，就容易向後摔倒，真是麻煩啊。」

天氣好的時候，室外比屋內要暖和得多。

「外面竟然比室內還暖和，到底是怎麼回事？」

京子搖搖頭，對蓮花公寓的奇怪之處感到不解。她挑了個陽光能曬到的地方走走，悠哉地購物。秋天時用來鋪在地板上的毯子，現在改成圍在腰上了，因此她想著是否需要再買一塊鋪在榻榻米上的墊子。不過，她覺得如果大部分時間都待在床上的話，可能也不需要了，於是決定先觀察一段時間。畢竟沒有收入，除了會危及性命的花費外，其他支出都得盡量節省。

「不過這也許算是關係到生命的支出。」

京子想著，雖然有電暖爐，不至於冷死，但她曾聽說過，早期日本人壽命短是因為住在木造房屋裡，取暖條件不佳。而現在她所住的地方，和那個時候的環境幾乎沒什麼差別。

京子煮了一鍋暖身的奶油燉菜，正在吃晚餐時，電視上播出一個節目，正在介紹有錢人飼養的可愛寵物。畫面中的貴賓狗和吉娃娃，住在豪宅的一個房間裡，有柔軟舒適的床和電熱墊。牠們的衣服是量身訂製的，每隻狗各自擁有二十套衣服，還有專屬的衣櫥。牠們會坐著賓利車到白金寵物美容院剪毛，並和主人一起在寵物咖啡館享用午餐。自從搬來這裡後，京子還沒去過理髮店。她偶爾會光顧附近的咖啡廳，但完全沒有機會造訪時尚的都會咖啡館。

「牠們的生活，過得比我好耶。」

竟然輸給狗。對那些在鄉下過著自給自足生活的人們，她有某種程度的共鳴；但對都市裡的寵物狗，卻不禁有些反感。

「我的敵人難道是狗嗎？」

想到自己竟然和那群小巧可愛的小狗爭輸贏，京子不禁苦笑起來。

寒冷的天氣變得更冷。她本以為夏天那麼炎熱，代表地球整體氣溫上升，冬天應該會稍微暖和一點才對，但事實完全相反，氣溫只是不斷下降。再加上強風肆虐，讓她覺得自己就像迎著刺骨的寒風，在簡陋的小屋中苦撐著的人。儘管在這種環境下，隔壁的小夏小姐卻一年到頭都一樣，甚至還常常哼著小曲。有時會聽見男人講英語的聲音，這種情況也依舊如常。

「那種人啊，大概什麼都沒在想吧。」

就算別人會皺眉頭，但本人過得迷迷糊糊，或許也很幸福吧。

寒冬時節，全世界都開始熱鬧地討論聖誕禮物等話題。京子回想起自己以前工作的時候，每到這個時期幾乎每天都在參加派對。如今回想起來，實在搞不懂為什麼要參加那些活動，但每年都會照例舉辦，尤其是公司裡的年輕人總是興奮不已。他們為賓果遊戲準備禮物，而京子等年長的員工則會帶來香檳或紅酒，這樣的場景年年重複。參加的人幾乎不變，要是每年穿同樣的服裝，會顯得很沒面子，因此她會特地為參加派對添購新衣。年輕女孩們想要好好表現，就在公司換裝補妝，盛裝出席。餐廳會場內，女孩們的競爭火花四濺：

「莉惠的禮服好漂亮啊！」

「妳的包包真不錯！」

高亢的讚美聲中，夾雜著些許嫉妒。以前每年都精心打扮參加這些活動，如今看來簡直不可思議。現在的京子穿著米色的抓絨帽T，腰上圍著紅色蘇格蘭格紋毛毯，腳上套著兩層抓毛絨的厚襪子。耳邊最大聲的，則是街上賣烤地瓜的小販用喇叭播放的叫賣聲。以前為派對準備的Manolo Blahnik高跟鞋，早在搬家前就賣掉了。

「我也覺得自己過著極端的兩種人生。」

自己似乎完全沒有經歷過哥哥那種平凡穩定的中庸生活。

「嗯，這大概就是我的命運吧。」

京子一邊拉起腰上的毛毯，一邊自言自語時，手機響了起來，是哥哥打來的。

「喂？」

「喂，京子？是我啦。」

是玲奈的聲音。

「哎呀，怎麼是妳？」

「我借爸爸的手機打給妳。就是啊，上次妳送我的那個包包啊，大家都說很好看耶！真的謝謝妳！」

「欸？」

「是嗎？那真是太好了。」

「嗯～對了，下次我可以去妳那裡玩嗎？什麼時候方便呢？」

「欸？」

京子不禁驚訝地提高音量。

「怎麼啦？我不能去嗎？」

玲奈似乎被嚇到，降低音量問道。

「不，不是不能來，只是現在最好不要來。」

「為什麼現在不行？」

「妳來的話，會死。」

「什麼！？」

這回換玲奈提高音量驚叫了一聲，隨後陷入沉默。

「妳說會死掉，為什麼啊？」

過了一會兒，她才小心翼翼地問。

「呃，是這樣的，我家現在冷得要命，就像在冬天的山上一樣。我怕妳來了會感冒，等天氣暖和一點再來吧。」

「妳家沒有暖爐或空調嗎？」

「有暖爐啦，但只有暖爐根本不夠暖。因為是很老的公寓，窗戶縫隙會灌風進來……嗯，妳知道窗戶縫隙灌進來的風嗎？不像鋁窗那樣，我家的窗框是木頭做的，而且因為老舊變形，所以會有縫隙，風會從外面直接灌進來。」

玲奈似乎還沒完全理解，又安靜了一會兒。

「真辛苦耶。」

玲奈輕聲地說道，這下連孩子都開始安慰自己了。

「嗯，不過這也沒辦法，畢竟是我自己選的地方。我可不能讓妳感冒，所以啊，等天氣暖和一點再來吧。到時候春季的新衣服和包包也會上架，剛剛好呢。」

對時尚最感興趣的玲奈，聽到這些話似乎被說服了，興奮地回應：

「對耶，春天去比較好呢。」

京子聽了不禁鬆了一口氣。

「大家都過得好嗎？」

「嗯，大家都很好。媽媽前陣子感冒，不過已經好了。對了，還有啊，我們家養了一隻吉娃娃。那是爸爸公司的同事家裡生的小狗，我們領養了一隻。牠很小又很可愛，我們幫牠取名叫莉莉喔！啊，莉莉，過來。」

耳邊聽到小狗聞味道的聲音。

「妳有聽到嗎？」

「嗯，聽到了。妳要好好照顧牠、愛護牠喔。」

「牠很聰明，我們說話牠都聽得懂呢！」

莉莉顯然住在比京子更舒適的環境裡。而且，莉莉的到來應該會讓哥哥一家人更加團結吧。京子再次囑咐玲奈春天再來，然後掛斷電話。

聖誕節前夕，終於下起了雪。讓京子震驚的是，雪居然飄進屋內。這棟木造老公寓到底哪裡有漏洞？又是從哪個縫隙飄雪進來的？雖然這棟建築又老又破，但有屋頂有牆壁，室內竟然還會飄雪，實在讓人難以置信。因為實在太出乎意料，京子甚至笑了出來。雖然家裡的食材已經不夠，但因為實在太冷她決定今天不出門買東西。就在下定決心的時候，隔壁房間傳來一聲悶響。她從未聽過這種聲音，於是她解下腰上的毛毯，走出房間敲了隔壁的門。

「我是笹川，您還好嗎？」

京子連敲了好幾次門，卻沒人回應。雖然嘗試開門，卻發現門好像被什麼卡住了。她一點一點推開門，隨即看到米色的羊毛毯。京子不禁倒抽一口氣，用力拉開門，門後滾出來的，竟是額頭流血、閉著眼睛的熊谷女士。

「熊谷姐！」

京子試著搖晃她的身體，但她沒有張開眼睛。在另一間房的小夏小姐探出頭，看到倒在京子腳邊的熊谷女士，驚訝地瞪大眼睛。

「啊！」

她尖叫了一聲。

「快去叫房地產仲介的大叔來！」

小夏聽到京子的叫喊用力點點頭，光著腳套上拖鞋便跑進了正下雪的屋外。京子則抓起手機，用顫抖的聲音叫救護車。她的喉嚨突然變得乾燥，幾度說不出話。她用毛巾按住熊谷女士額頭的傷口，一直緊握她的手。

過沒多久，小夏帶著氣喘吁吁的大叔回來。不知道是不是在來的路上跌倒，棉褲上都是泥巴。

「哎呀，糟糕了。救護車呢……」

「我已經叫了，應該快到了。」

「哦，那就好。」

房地產仲介的大叔一陣失神。

「熊谷女士之前提過她有一位姊姊，能聯絡到她嗎？」

「她姊姊啊，我記得我有問過她姊姊的聯絡方式，等救護車來了，我再幫忙聯絡吧。」

「拜託您了。」

小夏小姐冷得縮著肩膀站在原地。

救護車終於抵達，熊谷女士被抬上擔架，京子陪同前往。她只能愣愣地注視著快速行動的救護隊員們處理一切。

抵達醫院後，熊谷女士迅速被送進急救室，京子只能在外面等候。不久後，大叔打電話來告知熊谷女士的姊姊會立刻趕到醫院。

「明明之前看起來那麼有精神……」

回想起熊谷女士之前說過脖子很僵硬，或許那就是即將倒下的徵兆吧。

「昏倒後撞上門，把額頭撞傷了……真是可憐。」

京子忍不住流淚。過了一會兒，一位穿著白色大衣、滿頭白髮但氣質優雅的女性小跑步出現。她看到坐在走廊長椅上的京子。

「那個……冒昧請教，您是笹川小姐嗎？我是熊谷滿的姊姊。真的非常抱歉，這次給您添麻煩了。」

接著深深低頭致歉。

「不，我沒做什麼。現在醫生正在治療中……」

光是說出這些話就已經竭盡全力。

「好，真的很感謝您。聽說是您馬上叫救護車……」

彼此都因為哽咽而無法好好說話，只能不斷互相點頭致意。

「接下來我會陪在她身邊的，您可以……」

京子回應：

「祝她早日康復。」

隨後便離開了醫院。京子的腦海裡只有一個念頭，希望熊谷女士能夠早日康復。

京子記不清自己是如何回到家的。想到應該向小夏小姐致謝，便敲了她的房門。

「來了！」

門裡傳來聲音，小夏小姐隨即現身。見到京子後，「啊，妳好。」

她微微鞠躬這樣說。

「剛才謝謝妳。真的很抱歉還讓您在這麼冷的天氣裡跑出去。」

「別這麼說。」

小夏小姐用力揮著右手。

「熊谷姐還好嗎？」

「目前還不知道結果，但無論如何，真的多虧妳幫忙。」

「不，別這麼說……」

小夏小姐的聲音越來越小，連連鞠躬後關上了門。

隔壁房間理所當然地一片寂靜，寒氣似乎從那裡也滲過來。

「這樣下去真討厭。」

京子將之前隨意丟在一旁的毛毯圍在腰間，坐在床邊深深地嘆了口氣。

10

熊谷女士住院治療了一段時間。室內室外的氣溫依舊寒冷，京子穿上能找到的所有衣服，抱著暖爐來對抗寒氣。因為擔心一動不動會發胖，於是脫下抓絨衣，在室內做廣播體操，或者隨著電視裡的音樂隨便亂跳舞活動身體。雖然運動後身體的確會變暖，但那股暖意很快便消散，寒意又迅速襲來。

「嘶——」

她趕緊披上抓絨衣，蹲在暖爐前，不斷搓著雙手取暖。冬天她的夥伴已經不再是咖啡，而是加入薑汁的葛粉湯。

兩側的房間都沒有人，讓寒氣都聚集在京子的房間。小夏小姐穿上所有衣服，脖子上圍著像桌布一樣的布料，提著大包小包外出了。接下來大概是要去往某個溫暖的國家，再次過起「旅人」的生活吧。在這個到處漏風的蓮花公寓，如果還有其他住戶，也許還會有些生氣，室內的溫度應該也會稍微不同。

不過，如今似乎只剩京子一人在與寒冷對抗。

「天氣寒冷，人也變得更加孤單了呢。」

京子開始胡思亂想，擔心自己能否撐過寒冬，會不會因為蓮花公寓沒住人而被可疑人士盯上。

「不行，我被新聞影響了。」

京子為了打發時間而經常看電視，連那些不需要知道的新聞都聽進去了。令人安心的新聞只佔1％，其餘99％全是讓人感到不安的內容。看著前所未見的室內降雪，還有從上到下竄進的寒風，京子的心情越發低落。

比起「我怎麼能輸！」京子心裡反而想著：「我會不會遭遇更嚴重的不幸呢？」

走到人群聚集的車站前，她會聯想到無差別殺人事件的新聞；刮強風時，則想起因招牌掉落而受傷的意外。無家可歸的男人凍死在街頭的報導，似乎也不再與自己無關。她忍不住打開銀行存摺確認餘額。存摺上顯示她有八位數的存款，若按月節制地提領，就算不工作也能維持生活。然而，她很清楚，即便錢包滿滿，依然無法抵禦嚴寒的現實。
每當看到幫忙清掃的房地產仲介家的女兒，京子都會感到些許安心。聽見打掃的聲音時，「謝謝您一直幫忙清理。」京子走出去打招呼。
「天氣好冷，妳還好嗎？」
房地產仲介家的女兒，戴著長到手臂根部的橡膠手套，擔心地問道。
「真的很冷呢。」
「這裡縫隙多，風會一直灌進來。夏天的時候，蚊蟲也多到不行。雖說是個在都市中也能感受到自然的有趣公寓，但住起來真的很辛苦吧。妳用什麼取暖呢？」
「喔，我有一個電暖爐。」
「只有這樣肯定很冷吧。不過，我們這裡禁止使用煤油暖爐……我問問看我爸吧。」
「謝謝您，不過我應該還可以撐得住。」
聽到京子這麼說，房地產仲介家的女兒回應：

「這樣說，可能有些多管閒事，但年輕時硬撐，將來會留下後遺症，有什麼問題要盡早解決比較好喔。不要勉強自己，交給我吧。」
「這樣啊，那我就不客氣了。」
京子連聲道謝後，關上房門。大約過了一個小時——
「笹川小姐！」
房地產仲介的大叔敲了敲門。
「之前真是謝謝妳啦。熊谷女士還需要一段時間才能出院。她姊姊聯絡說，檢查之後發現一些問題。」
「是嗎，希望不會有大礙。」
「是啊，但這種事也沒辦法啊。畢竟年紀大了嘛……」
大叔一邊吐著白色的煙霧一邊說，然後搬來一個大型電暖爐。
「這個啊，是我們家多出來的電暖爐，拿去用吧。」
「真的可以嗎？」
「當然，反正它一直放在倉庫裡沒用。這裡電容量有限，兩個電暖爐應該不能同時開，不過那邊有個插座，可以從那裡接電。我也帶了延長線過來。」

大叔將插頭插進走廊的插座，打開電源，「可以用耶。」

他滿意地點了點頭。

「不過門那邊會有縫隙，冷風會灌進來，但這也沒辦法。灌冷風跟房間變溫暖，不知道會怎麼樣。應該會變溫暖吧？我也不知道啦。總之試試看吧。啊，妳用完了也不用還。那我先走了。」

大叔一口氣說完，轉身離開。

「真的非常感謝您！」

京子深深地鞠了一躬。

房間裡有了兩台電暖爐，京子突然覺得自己很幸福。正面和背後都暖烘烘的，雖然門縫還是有冷風透進來，但暖意足以對抗寒冷。

「好開心啊……」

之前的不安一下子煙消雲散了。即使在蓮花公寓一個人，也感覺自己能夠撐下去。在鬆了一口氣的瞬間，房地產仲介大叔提到的熊谷女士檢查有問題的事情，重新浮現在腦海裡。當初倒下來的時候，身體一定是出了狀況，但不知道是因為額頭撞到導致腦震盪，還是有其他的疾病。那時候她穿得那麼厚實，可能行動也不方便。無論如何，希望熊谷女士早日康復，也希望春天快點到來。京子許了這兩個願，然後無法從兩台電暖爐之間離開。

到了晚上，哥哥傳來了一通訊息：

「過年會回來嗎？跟我聯絡一下。」

「過年啊……」

京子回想起自己過去在老家度過的新年。母親在打掃得一塵不染的家裡，擺滿她親手插的花，哥哥全家也會來。餐桌上擺著五層的手工年節料理和年糕湯。過了初三，大家吃膩了年菜，母親就會開始準備義大利料理或中菜。每次年假結束時，京子總是發胖，減回原來的體重成了過年後的挑戰。

今年，母親大概還是會為哥哥家準備同樣的新年料理，但自己真的還適合融入這樣的場景嗎？京子想起了玲奈的飯店生日會，自己也只是個旁觀者。雖然沒有疏離感，自己也很開心，但一想到新年就要面對母親不滿的神情，京子就有些猶豫。但如果不回去，母親又可能會生氣地說：

「到底在想什麼啊！」

「唉……」

京子嘆了口氣，盯著手機上的郵件畫面。

她決定撥通哥哥的手機。哥哥還在公司。

「我還在加班。」

對於京子來說，「加班」這個詞彙聽起來很新鮮。自己以前也是天天加班，以現在的角度來看真的不可思議。

「謝謝你傳訊息來。」

「嗯。所以妳打算怎麼辦？」

「不回去好像不太行呢。」

「無論妳回不回來，她都會心情不好。」

哥哥的看法和京子一致。

「就是啊，我已經可以想像她的表情。」

「孩子不可能永遠都聽父母的話。早該放手才對，但不管我怎麼說都沒用。為什麼媽這麼固執呢？我實在搞不懂。」

「她說覺得這樣在鄰居面前太丟臉了。她對外說我長期出差，你知道嗎？」

「嗯，我好像聽她說過。本來以為她是在開玩笑，結果竟然是認真的。」

「當然認真，認真得不得了。」

「鄰居其實沒有她想像的那麼在意我們家的情況。」

「對啊，但是她自己根本不知道。其實她那樣說，就證明她自己對鄰居們的事充滿好奇心吧。」

「好像是喔。我太太還說：『媽對鄰居發生的事真是瞭若指掌啊。』一副很敬佩的樣子。」

「唉……」

一想到母親可能到處聽鄰居的閒話，京子又嘆了口氣。

「所以啊，如果我突然出現，會不會弄得她很難堪呢？」

「妳不需要太在意這些吧。」

「我也說不上來。老實說，我沒有特別想回家，也不想無緣無故挑起什麼矛盾，只是不想讓事情變得更糟而已。」

「也是啦。」

哥哥沉默了一會兒，「畢竟是過年，還是回家吧。」

他的口吻像老師對學生說教一樣。

「嗯……」

「如果妳不回來，這件事會一直被拿來說嘴喔。」

「沒錯沒錯……」

「對吧，所以還是回來比較好。」

「好吧，我知道了。我一月一號上午回去。」

「那我幫妳傳話。注意別感冒了。需要什麼就告訴我。」

聽著哥哥的話，京子心中一陣酸楚。

「不用，我沒事。」

「那好，妳保重。」

掛掉電話後，京子愣愣地發呆。對母親來說，自己真的就是讓她在鄰居面前丟臉的孩子嗎？每個人看待事情的方式不同，但對於有著強烈自尊心的母親來說，這可能確實是一個難以妥協的問題。即便是這樣，自己也不想無條件順從，又不想引發多餘的衝突。這種時候，血緣關係反而讓人感到厭煩。然而，不管怎麼說，自己畢竟是母親生下來的，這是無法改變的事實。

「嗯，船到橋頭自然直。」

京子靠近收到的電暖爐邊，伸出手掌取暖。

十二月底，整個社會已經進入年末休假的氣氛，大家忙著準備迎接新年。京子的房門被敲響。現在住在蓮花公寓的只有她一個人，所以聽到外面有動靜時，她不禁緊張起來。

「來了。」

她手裡拿著雨傘，小心翼翼地打開房門。門外站著一位穿著整齊西裝的中年男子。

「有什麼事嗎？」
京子把雨傘悄悄藏到背後，男子開口說：
「我姓熊谷。」
對著京子一鞠躬。
「啊！」
她急忙將雨傘丟到房間的一角，然後也低頭回禮：
「您好，初次見面。」
「這次家母多虧了您的幫助，抱歉給您添麻煩了。」
（咦，家母？）
京子驚訝地看著他，
「幸虧笹川小姐當時在場，真的幫了大忙。由於及時接受治療，檢查後發現是輕微的腦中風。現在必須吃藥觀察狀況，明年應該就能出院了。」
男子態度十分得體，雖然這麼說是理所當然，但看起來和熊谷女士確實有幾分相似。

「那真是太好了。其實自從我搬來這裡後，一直都受到熊谷姐的照顧。真是鬆了一口氣啊。」

「雖然早就擔心她一個人獨居，但她本人似乎不願意麻煩子女……剛才我也去拜訪過房地產仲介，另外，這是我公司的商品，希望您能收下。真的非常感謝您。」

他遞過來一個印著某知名飯店標誌的紙袋。

「您太客氣了。我只是做了應該做的事，您真的不用這麼費心……」

熊谷女士的兒子鞠躬數次才離開。他鞠躬的樣子，看起來非常自然。京子收下的紙袋裡面是一盒非常精緻的西式糕點。

「原來熊谷姐有兒子啊。」

他看起來和自己年齡差不多，或許稍微大一點。因為他的頭髮有些斑白，所以可能比實際年齡更成熟。光滑的肌膚和眼睛的神韻，與熊谷女士非常相像。

「如果和我同年的話，那熊谷姐應該是二十多歲生小孩吧。畢竟她說過自己年輕時玩得挺瘋的。」

一般來說，即使沒有和子女同住，只要有小孩，多少也會偶爾提起吧。但關於這件事，京子從來沒有聽熊谷女士提起過。京子本身不是那種喜歡打探他人隱私的人，而熊谷女士似乎也不愛聊這些，因此直到今天，京子都沒想到熊谷女士竟然有個兒子。

「哇……」

她看著那些西式糕點點頭，一邊吃精緻的年輪蛋糕一邊喃喃自語：

「哇……」

京子再度點了點頭。這時哥哥傳來的訊息，「媽說OK。」

除夕那天，京子一個人吃著跨年蕎麥麵，準備好給圭和玲奈的壓歲錢，想著明天久違地回老家，不知道要穿什麼衣服回去。打量自己的衣服，卻發現找不到合適的。畢竟她現在的人設是「長期出差」。新年期間回家探望的話，該穿什麼才恰當呢？

「太居家的毛衣和褲子肯定不行，可穿西裝或洋裝又很奇怪。」

如果在回老家的途中碰見鄰居，或者離開時遇見鄰居該怎麼辦，一想到這京子的腦袋就一陣暈眩。雖然心中對母親編造的謊言感到不滿，但她最終還是選擇配合。

「我不就變成乖乖聽媽媽話的女兒嗎？」

她喃喃自語，最後選擇了一條卡其褲、喀什米爾羊毛衣，再搭配一件短大衣，決定就穿這樣回老家。剛搬來的時候，早餐都簡單吃麵包和咖啡就解決，開始料理三餐後，早餐都改成日式了。只要好好熬高湯，搭配食材就很輕鬆，也能做出美味的配菜。這天京子也吃比較少量的白飯配豆腐海帶芽味噌湯，祈禱著一路上別碰見鄰居，計劃在早上十一點搭電車抵達老家。

當京子走出最近的車站時，雖然只隔九個月沒回來，街道上的店家已經換了一輪。車站前的書店變成手機店；原本可以看到老闆揮汗工作的那間洗衣店，拉下鐵門已經好幾個月；魚店則變成房地產仲介公司。就連住宅區裡，也有許多地方翻新重建，讓她覺得眼前的景象很陌生。

再經過三戶就抵達老家玄關的時候，京子遇到一位鄰居阿姨。阿姨正在把掉下來的門松裝飾掛回去，京子本來想趁機退後，但對方一抬頭，視線就已經交會。

「哎呀，新年快樂！京子小姐，好久不見了！聽說妳因為工作調動，離開東京出差了？」

看來母親是認真的。

「新年快樂。是、是啊，突然接到人事命令，四月就去了。」

「這樣啊，真不容易。那妳現在住在哪裡呀？」

京子不小心脫口說出：

「名古屋。」

「名古屋啊，那裡的味噌豬排很有名耶。」

「喔，對啊。」

「怎麼樣？味噌豬排真的好吃嗎？」

「嗯，很好吃。」

「希望妳能早點回來。雖然有妳哥哥陪著，但妳媽媽應該還是會感到寂寞吧。」

「這就要看公司的安排了⋯⋯」

「也是啊。總之，今年也請多多關照。」

「彼此彼此，請多多關照。那我先告辭了。」

京子向阿姨低頭致意後離開。

（啊～嚇死我了。）

她之所以一時情急說出名古屋，是因為昨晚電視播放名古屋跨年的風景。

「新年一開始運氣就不好耶。」

京子喃喃自語著，按下了掛著門松和松飾的玄關門鈴。

「來了～」

對講機裡傳來玲奈的聲音。

「我是京子。」

「好，現在幫妳開門！」

玲奈替京子開門。一個小小的米黃色身影撲了上來。京子嚇了一跳，定睛一看，是玲奈提過的那隻吉娃娃——莉莉。這隻狗非常親人，熱烈地歡迎京子，讓她忍不住想說：

「不用那麼激動啦。」

「好可愛。」

把莉莉抱起來，莉莉就在她的手臂裡不斷地轉圈，像個電動玩具似的。想把莉莉放回地板上時，牠又開始跳來跳去。

「好了，不行喔，過來這邊。」

玲奈喊了一聲，小狗立刻撲向了她。久違的老家玄關擺放插著南天竹和松枝的大花瓶，透著炫耀的氣息。被玲奈抱著的莉莉終於稍微冷靜下來。京子和玲奈互相鞠躬，「新年快樂。」

進到客廳後，最顯眼的地方放著一盆蝴蝶蘭，旁邊擺著像帶刀護衛般的兩盆仙客來。

「爸爸和哥哥在二樓。」

京子脫下外套，走到廚房，「加奈子大嫂，新年快樂。」

她先向嫂嫂問好。

「啊，新年快樂。妳特地過來……」

加奈子有點支支吾吾。

「需要幫忙嗎？」

「這個嘛——」

「不需要。」

還沒等加奈子回應，穿著和服與日式圍裙的母親就打斷了她的話。京子默默地離開了廚房，加奈子露出同情的樣子，京子反而過意不去。

家裡已經完全沒有京子住過的痕跡。這裡已經是母親和哥哥一家人的居所。她坐下後，大人開始喝屠蘇酒，接著給孩子們發壓歲錢，然後享用母親和加奈子親手做的年節料理和年糕湯。用餐時，莉莉乖乖地待在籠子裡。

「完全沒有油脂耶。」

玲奈喃喃地說了一句，結果被圭小聲斥責：

「閉嘴，吃妳的飯。」

「年節料理就是這樣，別抱怨。」

圭是個好哥哥呢。

「喔……我知道啦，但總覺得有點不夠味……」

「我知道妳愛吃什麼。不過正月的傳統還是要遵守。放心，我有買肉。」

母親用非常溫柔的語氣對玲奈說話，和對京子說話的時候截然不同。對孫子孫女來說，她果然是一位慈祥的祖母。

「太好了！」

不知道是不是覺得安心，玲奈變得神采奕奕。

「妳老是吃這麼多油膩的東西，會變胖喔。」

哥哥這樣說，玲奈就突然不高興了。

「才不會。不管有沒有過年，都會變胖。」

「當然啊，妳一直待在家裡，又是吃肉又是吃零食。不運動可不行啊。」

「可是……好麻煩喔。」

「圭最近每天早晚都會跑步喔。」

嫂嫂加奈子對京子這樣說。
「能堅持真厲害。下雨天也去跑嗎？」
「嗯。」
「哥哥是健身宅，連在房間裡都在做肌力訓練。」
「我才不是健身宅，就是一般運動。」
「咦……是嗎？」
孩子們的對話，讓大人們忍不住苦笑。孩子在嬰幼兒時期，大人享受著照顧他們的樂趣；等到孩子長大後，像這樣聽他們聊些無傷大雅的話題，似乎也很有趣。餐桌上的氣氛變得和樂融融，京子趁機向母親提起剛剛遇到鄰居的事情。
「唉呀，真是不巧。」
母親皺了皺眉頭。
「我現在變成住在名古屋的人了。如果她問到什麼，就麻煩妳幫忙圓過去。」

母親聽完只淡淡地說：

「喔……」

隨後沉默不語。圭和玲奈大概已經從父母那裡聽過情況，對此完全沒有反應，繼續平靜地吃著年節料理。

「喂，節目差不多要開始了吧？」

哥哥似乎是為了緩和稍微沉重的氣氛，對圭喊了一聲。

「對喔！」

圭連忙打開客廳的電視，然後回到座位上繼續用餐。餐桌的位置可以稍微看到電視畫面，播放的是格鬥節目。雖然對老年人來說可能有些吵鬧刺耳，但母親什麼都沒說。

（差好多喔。）

京子覺得很無奈。雖然知道母親對哥哥和自己明顯有差別待遇，但對孫子們卻是無條件地慈愛。

吃完飯後，圭坐到電視前，目不轉睛地看著畫面，不時發出「喔！」

「啊！」「喔喔！」的聲音，

「好耶！」

甚至鼓掌，握拳揮舞。哥哥也把莉莉從籠子裡放出來，加入了圭的行列，兩個男生對著節目熱烈討論，吵吵鬧鬧。母親一邊收拾，一邊歪著頭嘀咕：

「新年一開始就看人打架，這到底有什麼好看的啊？」

嫂嫂和玲奈則在一旁笑而不語。

「大嫂，我來吧。」

京子把她請出廚房，自己捲起袖子站到流理台前。此時，母親突然脫下了日式圍裙說了句：

「我有點事要出去一下。」

隨即離開廚房。

「沒關係，我也來幫忙。」

加奈子急忙回來，兩人開始一起洗碗。玲奈似乎已經回自己的房間了。兩人並肩洗碗時，京子問：

「大嫂不會很困擾嗎？」

「不會啊。媽最近忙著插花，我這陣子也在教英語，大家算是各忙各的。」

「這樣就好。畢竟她那個個性……」

「媽很疼圭和玲奈，沒什麼麻煩。」

「呼，那我就放心了。我還擔心媽是不是會為難妳呢。」

「哎呀，怎麼可能啦。」

加奈子笑了笑，然後一臉嚴肅地說：

「不過，媽對京子小姐是最嚴厲的。」

「是嗎？」

「是啊，媽跟妳說話的方式真的會讓人嚇一跳。媽對我們絕對不會用那種態度。」

京子心想，比起對外人，對自家人發脾氣反而還好一點。

母親化好妝，換上和服，「我傍晚就回來。」

說了這句話便出門去了。京子泡了茶端到客廳時，哥哥正趁著節目播放選手的簡介片段問京子：

「京子，妳打算怎麼辦？」

圭不知道什麼時候就抱著莉莉，明明看了好幾遍相同的場景，依然盯著螢幕興致高昂地說：

「這裡真的超厲害啊！」

「怎麼辦是指什麼？」

「妳打算一直維持現在的生活嗎？」

「嗯，應該是吧。」

「妳沒問題嗎？這樣能過得下去？」

「還行啦，我有算過存款了。」

京子坦率地把每月的開銷和存款餘額告訴哥哥夫妻倆。

「單純計算的話，經濟上是沒問題。不過，妳想工作的話也還能工作，即使先休息一陣子，也可以考慮重新找一份工作吧？」

哥哥夫妻倆用相同的眼神看著京子，有默契地點了點頭。

「我一定要工作嗎？」

「也不是一定要工作……如果沒有人要雇用妳那也沒辦法，但身體健康的話，通常都會想工作吧？」

「嗯……倒不是完全沒想過，但我現在還不想工作。」

京子解釋道，自己對上班這件事感到空虛，即使在知名公司工作，看起來風光，但實際上卻是帶著客人花天酒地，做一些像是女招待的工作。就算領薪水升職，也還是覺得很空虛。

「說的也是啊。」

加奈子嘆了口氣。

「如果帶著那樣的心情工作到退休，一定很難受吧。」

「我懂，但妳也不必突然轉變成這樣的生活吧？」

京子沉默了一會兒，「我只是不想和媽媽住在一起。我想讓一切歸零。」

此時，電視上的場邊主持人正在高聲呼喊選手的名字。圭似乎只聽得見電視的聲音，對其他的內容完全沒反應。哥哥夫妻倆則露出為難的表情，沉默不語。

「妳應該有自己的想法，但千萬別勉強自己。妳也不年輕了，別太過固執。雖然這麼說不太好，但媽會比妳先去另一個世界。妳可以靜靜等待風暴過去。」

「是啊，京子小姐，別勉強自己喔。有什麼事情記得找我們商量。」

「好，我沒有勉強自己，目前還算可以應付。」

就在此時，「啊！」圭突然大喊。

原來他支持的選手被擊倒了。這個時候圭懷裡的莉莉已經睡著了。

「輸了！搞什麼啊，才剛開始三十秒耶。」

「喔！他站起來了！」

哥哥又把注意力轉回了格鬥節目，而加奈子則幫京子添了一杯茶。

「我傍晚就走。」

加奈子回答：

「我知道了。」

並沒有試圖挽留她。

「妳看妳看，媽媽，妳看這個，是不是很不錯？」

玲奈從二樓拿著一本雜誌跑下來。

「妳看這件上衣，多可愛啊！我想用壓歲錢買這件。」

「是很好看啦，但領口有點太低了吧。」

「哪有！聽說啊，露出胸口會讓人看起來比較瘦喔。」

「比起看起來瘦，更重要的是要注意別讓人看到不必要的東西。」

「不必要的東西是指什麼啊？」

「妳自己想想吧。」

「什麼啦——我不知道啦！」

玲奈嘟起嘴，拿著雜誌一屁股坐到沙發上。

「真是沒辦法，妳這孩子。」

京子覺得莉莉和玲奈真像。她們都散發著充滿活力、開朗的正能量。

格鬥節目結束後，電視播放起搞笑節目，大家看著節目不時發笑，不知不覺已經下午四點半了。

「那我就先告辭了。」

京子站起身，玲奈失落地說：

「什麼？這麼快？妳留下來吃晚餐嘛！」

「抱歉，下次吧。等天氣暖和一點，妳再來我家玩吧。」

聽到這句話，玲奈高興地點頭說：

「嗯！」

在哥哥全家人的目送下，京子離開了老家。她明白自己在這裡已沒有容身之地，但這也幫助她下定決心結束那些拖泥帶水的想法。她知道，只要自己開口，哥哥他們一定會幫忙，但京子現在非常清楚，自己還是得獨自面對生活。

走著走著，京子遠遠看見從車站方向走來的母親。彼此都走在道路的右側，所以不會迎面碰上，也不需要特意改道。京子只是靜靜地注視著母親的身影。距離越來越近，母親抬眼看到京子，但下一秒卻裝作沒看到，就這樣直視前方從她身邊走過。面對母親那股倔強的態度，京子沒有生氣，反而忍不住笑了出來。坐上電車後，那個場景不斷浮現在她腦海中。回到蓮花公寓，推開自己房間的門時，京子忍不住深深吐出一口氣。

「呼——」

11

一月快結束時，熊谷女士出院了，看起來消瘦了一些。

「真是不好意思。當時我在家裡突然一陣頭暈，心裡覺得慘了的下一秒眼前就一片黑，等醒來時已經在醫院了。聽說是妳幫忙聯絡的吧？真的非常感謝妳。」

她雙手遞上一個寫著「慶祝痊癒」的禮盒。

「不，不只是我。房地產仲介的大叔和隔壁的小夏小姐也都有幫忙。」

「喔，原來如此啊。」

她想了一會兒，然後說：

「我之後也會向他們道謝的，總之先從妳開始。真的非常感謝妳。」

熊谷女士深深地鞠了一躬。她原本堅強幹練的氣質似乎變得柔和了一些。

「那個……」

看到京子支支吾吾，熊谷女士露出疑惑的表情，靜靜地盯著她看。

「那個，令郎也特地來跟我打過招呼……」

京子一邊說一邊心跳加速，擔心自己是否說了不該說的話。

「啊，是嗎？該做的事情，他還是會做的啊。雖然說是兒子，但也是個成年的大叔了，懂禮數算是理所當然吧。」

熊谷女士露出笑容，讓京子鬆了一口氣。

「他是個父不詳的孩子，但還好不像父母，好好地長大了。」

她輕描淡寫地笑著說，但京子卻不知道該回什麼：

「啊……嗯……」

只能擠出幾個感嘆詞。

「那個……外面太冷了，要不要進來坐？」

熊谷太太思索一會後說：

「這樣啊，那我就打擾一下。」

這是她第一次進入京子的房間。

「這裡真是乾淨俐落啊。我那個房間，就很不得了。東西多到我都不記得放在哪裡，總是找不到。」

熊谷太太興致勃勃地環視房間。

「是啊，這樣其實就足夠生活了。反正人死的時候什麼都帶不走，連自己的身體也得留在這世上，讓後人火化處理。」

「妳說得沒錯。」

京子在熊谷太太面前放下一張從二手店買來的小茶几，端上了一杯綠茶。

「麻煩妳了。」

熊谷太太恭敬地低頭致意，雙手捧起厚重的灰色茶碗，然後說：

「啊，真好喝。」

「是嗎？因為我在公司的時候，從來沒泡過茶。」

「啊，是這樣啊。一般新進員工不都要負責泡茶嗎？」

「我們公司有自助飲料機，大家想喝的時候自己動手操作就好。機器能泡咖啡和提供熱水，想喝紅茶的話就用現成的茶包，想喝中國茶的人就自備茶葉，用機器供應的熱水來泡……」
「哦，那應該是大公司才有吧。」
「可能吧。」
「那就表示女員工也得拚命工作吧。」
「是啊。不過也有領著高薪卻天天偷懶的人呢。」
「這種人反倒在找結婚對象的時候特別積極吧。」
「沒錯。」
「不管是現在還是以前都一樣呢，呵呵。」
熊谷太太又抿了一口茶，長長地嘆了一口氣。
兩人沉默了一會，面對面坐在小小的舊茶几前。一隻不知名的野鳥在窗戶附近尖聲啼叫，還伴隨著慌亂的麻雀鳴叫聲。
「要是沒有從窗戶縫隙吹進來的風，這裡簡直是天堂了。」
熊谷太太帶著一聲嘆息說道，京子忍不住笑了出來。
「這裡真的很冷呢。」

「是啊，真的冷。年紀越大越覺得冷。感覺我的身體是為了抵禦寒冷，才會累積多餘的脂肪。」

「呵呵呵，我也一樣啊。」

兩人又安靜地喝著茶。

這樣的沉默卻並不會令人感到緊張，這讓京子覺得有些不可思議。

雖然現在已經沒有機會像這樣和母親相處，而且自己也避著母親。不過與母親相處時，京子從來無法這麼放鬆。母親總是在叨唸她的婚姻、孫子、工作、鄰居的流言蜚語，甚至是素昧平生的藝人、路上看到的陌生人……都能批評挑剔個不停。彷彿抓住別人的缺點，她就能稍微提升自己的地位，京子最討厭這種人。越覺得討厭，身體就越是緊繃，雖然曾經努力充耳不聞，但還是會火大反駁，最後只會火上澆油。相較於在老家與母親那種無法交流的壓抑關係，在這個窗戶會灌風，雪花甚至會飄進來的地方，讓人感到自在許多。當然，京子內心還是想著，如果房子能像樣一點就好了。

「我兒子啊，因為這次的事情叫我搬家。」

聽到熊谷女士說出「兒子」這個詞，京子總覺得有點不可思議。

「他也是擔心您吧？」

「他跟我說，別再以為自己還年輕了。這次的事，不僅家人照顧不到，還麻煩了不相干的人，將來年紀更大之後，還會更麻煩。做了檢查後，發現是輕微中風，肝臟也出了些問題。治療結束，準備出院時，他就這樣跟我說了。我也的確給妳、小夏小姐和房仲的人添麻煩了……」

京子聽到「不相干的人」這句話，感到有些難過。雖然他們不是家人，但畢竟是鄰居，多少也有些來往，不能說是完全不相干的人吧。

「畢竟你們因為分開住，令郎一定很擔心吧？」

「我也不知道。高中畢業上大學之後，他就離家了，什麼都自己來。大學時，他甚至跟別人說我已經過世了。我們幾乎沒有什麼像樣的母子交流。他國中、高中時，真的是如坐針氈。國中的時候不管我做什麼，他都當作沒看到；到了高中，就開始用邏輯跟我講道理，告訴我為什麼我的生活方式有問題。我反駁說過去已經無法改變，但他還是會批評我『反省得不夠』。的確，我沒有反省過就是了。他是個認真的孩子，一定很討厭我這樣隨便的母親吧。」
「以前也許是這樣，但現在他很擔心妳對吧？」
「畢竟我也上了年紀啊。不過，即使是親子關係，分開住了這麼久，再重新住在一起，也不可能處得很好。他那邊還有太太和孩子呢。我連他家人都沒見過。」
「到現在都沒見過嗎？」
「是啊。對他來說，我是個不怎麼光彩的人。如果有一天我突然冒出來，說『我是你們的婆婆、奶奶』，他的家人肯定也會很困擾吧。」
「……」
「所以啊，我已經拒絕了。我告訴他，我喜歡這裡，讓他別管我。雖然說，這裡的寒冷和酷暑確實讓人吃不消啊。」
熊谷太太微微一笑。
「說到麻煩陌生人，其實誰知道什麼時候，會在什麼地方突然身體不適。譬如說在外面買東西的時候身體不舒服，那不還是得麻煩不認識的人嗎……」

「是啊，我也這麼跟我兒子說了。雖然這算是機率的問題啦。不過，就算他擔心我，每天盯著我觀察『媽今天還好嗎？』，感覺就像被監視一樣，很壓抑耶。可能現在我身體還算健康，才能這麼說吧。如果哪天真的動不了了，可能就沒資格說這種話了。」

這無疑是京子未來也會面臨的現實。她很怕聽到答案，所以不敢問：「那到時候妳打算怎麼辦？」

「所以，我決定還是繼續住在這裡。不過，這棟公寓可能會比我先壞吧。」

「確實，這裡老化得相當嚴重呢。」

「不過這麼多年來經歷了不少地震，蓮花公寓也沒塌。應該是地基打得很牢吧。聽說木造建築如果加了橫樑，就不容易倒。」

熊谷太太環顧了一下屋內。

「唉，我也得好好整理一下房間了。連穿不下的衣服都堆在家裡呢。」

「熊谷太太的品味很好呢。」

「哪有，才不是那樣。」

「是真的，您穿的衣服花色都很好看。」

「那些都是以前的衣服啦。流行就是會重複嘛，剛好撞上現在的潮流而已。」

「但品質也很好，看起來很有質感。」

「是嗎？」

她沉思了一會兒，「如果妳不介意的話，我整理出來的衣服能送給妳嗎？」

然後客氣地這樣說。

「咦，真的嗎？哇，太好了，謝謝妳！」

自從搬到這裡之後，京子幾乎沒再添置過衣物。即使是舊衣，能有新的衣服可以穿，讓她感到無比高興。她照了照鏡子，只看見一個穿著永遠一樣的衣服、沒有工作待在房間裡發呆的中年女人。就算去圖書館，她也害怕激起強烈的購物欲，所以總是避開女性雜誌的書架，不敢看封面。即便收入為零，她也還是渴望能有一件新衣服。這時能從熟人那裡，尤其是從她認為有品味的熊谷太太那裡拿到衣服，讓她感激不已。

看到京子高興的樣子，熊谷太太也露出同樣開心的表情。

「那我得努力整理了。等我整理好了再讓妳看看吧。」

「如果有垃圾要丟，或者需要幫忙的地方，儘管告訴我，我可以幫忙。」

「好啊，謝謝妳。今天聊了這麼久無關緊要的事，真是抱歉啊。」

熊谷太太回到自己的房間。

「好開心啊！」

雖然房間依然寒冷，但京子的內心卻暖洋洋的。

京子發現，即使待在房間裡，她也不覺得悲慘了。

「人類果然是能適應環境的生物啊。」

她甚至想著，也許自己無論走到世界上的哪個角落，都能好好生活下去。

二月中旬，連續幾天暖和的天氣讓人心情愉快，卻緊接著迎來一場大雪。

「竟然是假動作，唉……」

雖然想抱怨，但這是自然現象，自己也無能為力。蓮花公寓的二號房再次成為室內外一體的空間。不過，因為多了一台暖爐，比起以前已經好很多了。

「要是一年到頭都是同樣的氣候，說不定還會覺得無聊呢。」

沒有工作已經夠無所事事了，如果連天氣也毫無變化，大腦就得不到任何刺激。如此一來腦袋肯定會變得遲鈍吧。黴菌、酷暑、大雪還有窗縫的冷風，或許都是為了防止京子的頭腦變遲鈍，而賦予她的微小考驗吧。

「這個世界上的人們都經歷著更艱難的困境，我又沒有遭遇無法挽回的自然災害，因為這點小事就垮了可不行呢。」

京子為自己稍微長大了一點而讚美自己。生活在設備完善的住宅裡依賴空調，不管窗外是什麼天氣都能舒適地過日子，其實很不真實。人本來就應該這樣，面對下雨、下雪或是豔陽高照的天氣時，叨唸著：

「該怎麼辦呢？」

有時感恩、有時困惑，學會與自然和平相處。

之前雖然有過幾次與室外幾乎融為一體的生活，但她沒有因此病倒，已經是不幸中的大幸。可能是身體逐漸變得更強健了吧，雖然偶爾會流鼻水或打噴嚏，但早早上床睡一覺，隔天就好了。回想起以前上班的日子，總是覺得背後像插了鐵板一樣，肩膀和背部僵硬得要命，頭腦發熱到快要爆炸，而現在那些不適感都已經消失無蹤。京子試著活動身體，覺得自己變得柔軟得不得了，甚至認為：

「現在要是去練瑜伽，應該什麼姿勢都做得出來吧。」

之後又下了一場大雪。新聞報導指出，東京都內的交通網癱瘓，數萬名通勤民眾的行程受到影響，畫面中顯示許多人在車站月台或公車站牌排隊的場景。京子回想起自己上班時，也曾經遇到過大雪。不過，她總是抓準時機叫計程車上班。能這樣叫計程車上班，現在回想起來，還真是不可思議。以前的自己雖然和現在的自己有相似之處，但感覺完全不同。當時流行的衣服、小雜物、化妝水、精華液、SPA療程和美甲沙龍，確實讓外表看起來整潔又光鮮，但現在回想，那或許只是漂亮的盔甲。如今京子脫下那層盔甲，露出溫暖柔軟的本體。周圍再也沒有銳利的刀刃刺傷她，自然也不需要堅硬的外殼。剛開始她不太適應新環境，也有些緊張，但隨著時間的推移，一切都逐漸好轉。

「話雖如此，這樣下去真的好嗎？」

那天，淡灰色的雲層之間透出一片藍天。京子望著窗外，自言自語道：

「算了，就當作這樣很好。」

幾天後，熊谷太太抱著一堆疊得整整齊齊的衣服來到了京子的房間。

「這是從衣櫃最深處翻出來的，裡面可能還有些樟腦的味道。畢竟以前沒有像現在這種無味的防蟲劑。」

雖然很想立刻看看衣服，但京子壓下了興奮的心情，先招待熊谷太太喝茶。兩人像上次一樣，圍著小小的矮桌，一起品嘗車站前那家有名和菓子店的芝麻大福，配著熱茶。

「無論什麼時候，妳泡的茶都很好喝。大福也很美味。」

「是嗎？」

「上次來的時候，我就覺得這茶碗很漂亮。」

熊谷太太仔細看著手中的茶碗。

「這是我還在上班時，偶然經過一家店看到的。聽說是年輕陶藝家的作品，但我不好意思只買一個，結果乾脆買了五個。」

「啊，我以前也經常這樣。後來總會想『為什麼會一次買五個同樣的盤子？』還覺得不可思議呢。」

雖然沒什麼客人會來，但還是有衝動購物的時候。

「這些衣服，妳看看喜不喜歡。希望妳有中意的，妳覺得怎麼樣？」

熊谷太太將衣服堆推到京子面前。印花、素色，層層疊疊的各種面料看得眼花撩亂。

「這麼多都給我，真的可以嗎？」

「可以可以。它們放在衣櫃裡，連當『肥料』都嫌太老舊。」

京子一件一件地展開衣服，最上面的是一件鮭魚粉色的短袖上衣，簡約的無領款式，但在領口邊緣點綴適度低調的荷葉邊。雖然平時不太喜歡荷葉邊，但這件襯衫卻讓京子覺得很漂亮。她將心中的感受告訴熊谷太太。

「這些衣服那時候全都是訂製的。我們家當時做餐飲，日子真的過得很奢侈呢。」

雖然是幾十年前的衣服，但縫製得十分精細，針腳也依然完整。

「真是貴重的物品啊。」

「是啊，畢竟是手工製作的衣服。」

還有其他的訂製款式，像是長版上衣、連身裙，以及材質優良的蕾絲小外套和裙子套裝，這些都讓京子雀躍不已。即便是成衣款的襯衫和裙子，也都顯得非常有品味。印花設計符合現代的流行，有些是真正的艾米利奧・普奇作品，也有北歐風格的。京子看得出神，「哇，好漂亮，這件也是……」

她完全被這些美麗的衣物吸引住了。

「應該沒問題吧？」

「怎麼會有問題！這麼多漂亮的衣服，我真的可以這麼幸福嗎？」

看著京子的模樣，熊谷女士忍不住笑了起來。

「唯一擔心的是，衣服能不能穿得下。」

事實上，來到蓮花公寓後，京子的體重增加了兩公斤，小腹也明顯凸了出來。

「不用擔心啦，這些我以前都穿過。雖然說當時還得用內衣緊緊束住，不然稍微打個噴嚏就可能聽到『唰』一聲，但沒問題，絕對能穿下啦。」

「那就好……」

看著眼前的這些衣服，京子開始產生「如果尺寸不合，就減肥吧」的想法。

「總之，妳穿也好、丟掉也好，都交給妳處理。」

「丟掉？那太浪費了，我一定會努力穿上的！」

「其實尺寸不合的話，改一改應該也能穿，但現在手工修改的費用反而更貴了。等妳有空再慢慢試穿吧。」

熊谷女士起身準備離開，她說今天還得去醫院。京子趕忙從房間的置物櫃裡拿出與她常用來泡茶相同款式的兩個茶碗。

「那個……雖然可能對長輩有些失禮，但能請您收下這對茶碗嗎？」

聽京子這麼說，熊谷女士眨了眨眼：

「這樣啊，真的可以嗎？這茶碗真的很漂亮啊，那我就不客氣嘍。」

「真不好意思，如果您覺得失禮還請見諒。不過就像我之前說的，有什麼需要幫忙的地方，儘管告訴我……」

熊谷女士看著京子的眼睛說：「就當作以物易物吧。」

「我們這些人……雖然不確定妳是否已經加入我們的行列……不過沒收入的生活就是這樣，大家把不需要的東西拿出來交換，這樣最方便了。所以這不是禮物，就是以物易物而已。」

聽她這麼說，京子心中的壓力也消失了。熊谷女士總是能輕鬆地化解京子不知不覺中累積的緊張。

「我知道了。」

「不過，這次我好像撿了大便宜呢。那就謝謝妳的招待，我先告辭啦。」

熊谷女士回到了自己的房間。

接下來的京子，展開了她的一人時裝秀。平時對房間的寒氣和冷風總是抱怨連連，但這一次，她在兩台暖爐之間，一件又一件地試穿那些衣服。雖然袖長有點太短，但對她來說根本不是問題。絕大多數的衣服都能穿得下，而其中有五件的腰圍比較窄，但她仍然小心翼翼地將所有衣服重新折好放入壁櫥裡的衣櫃。此時，一股難以形容的滿足感湧上心頭。這並不單純因為免費得到衣服，而是因為熊谷女士將她曾珍惜過的衣服交給自己……不對，是交換到自己手上，這份溫暖莫名令人開心。喜悅的心情有很多種，有時候是沁入人心，有時候是令人開心得跳起來，總之會從心中湧現，但這種滿足感是以前從未體驗過的。或許小時候曾經有過，但具體是什麼感覺，自己早就忘記了。

三月，蓮花公寓再次迎來大雪。雖然屋內也偶爾飄進雪花，但因為有暖爐的關係，雪會化成水滴落下。即使期待已久的春天應該快到了，卻被兩三次的春寒欺騙。但無論如何，現在的天空已經與十二月、一月的陰沉有所不同。雪停之後，透過雲層露出的藍天更加明亮，陽光也更加強烈，彷彿在宣告「春天要來了」。蓮花公寓周圍的草木開始復甦，鮮嫩的小草如雨後春筍般冒出，令人驚訝。顏色鮮豔的植栽變得茂盛，枝頭上也不時停滿小鳥，吱吱喳喳地歌唱。這樣的景象讓京子感到十分新鮮。因為老家雖有庭院，但不曾有這麼多鳥兒造訪。

「或許是家裡那個性格彆扭的人散發出的奇怪電波，連小鳥都能感應到吧。」

京子忍不住笑著自言自語，目光一直停留在窗外那些跳躍於樹枝之間的小鳥身上，怎麼看也看不膩。

12

穿上熊谷女士給的衣服，京子發現這些完全不是自己會選擇的款式和設計，所以覺得很有趣。偶然遇見熊谷女士時，她會轉一圈展示然後問：

「我穿上您給的衣服了！怎麼樣？」

「哇，模特兒身材好，衣服穿起來就會好看。連衣服都會覺得高興吧。」

熊谷女士顯得很開心。京子默默笑著，覺得只要像這樣以物易物，自己更不需要再買新衣服了。雖然她現在依靠存款生活，生活預算有限，但她並不喜歡過於禁欲的日子。她仍然注重飲食的品質，也願意偶爾奢侈一下，喝上一杯好咖啡或好茶。至於衣服，即使現在不用通勤或經常外出，自己也不願總是穿著相同的款式。京子甚至想過：

「乾脆入佛門，穿袈裟當制服，可能更適合我。」

與流行無關，只需兩三套衣服就能過活。若能做到這一步，應該算是徹底脫俗吧。但她知道，自己還做不到，不，也許這輩子都做不到。

當初搬進蓮花公寓時，京子打算當個住在城市裡的隱士，但她發現自己還是放不下所有東西。即使住在深山老林，還是不可能一直穿一套衣服過一輩子，多少還是會動腦筋，把舊衣服稍微改造一下，讓舊物看起來新穎些。

雖然有些人對穿著很隨便，但京子並非如此。雖然她不追求流行，卻仍希望透過更換衣服帶來好心情。現在最喜歡的是自己平常不會選，而且覺得看起來顯老氣的衣服——華麗的酒紅色、粉橘色、奶油色組成的印花上衣，沒想到穿起來意外合適。現在的季節，待在戶外很舒服，房間裡也變得舒適。明明之前房子裡冬天下雪，夏天像露宿般難熬，但這些都被她忘得一乾二淨。

晚上，哥哥傳來一封訊息。

「玲奈說想去妳那裡玩，妳要怎麼回她？請跟我聯絡。」

對了，當初有說過，請玲奈等春天再來玩。京子早就忘了這事，但現在確實快到學校放春假的時候了。

「原來如此啊。」

因為住在年輕人喜歡的區域，難怪玲奈會想來玩。京子環顧四周，發現自從搬來後，房間裡的物品幾乎沒有增加。不過，現有的東西也足夠生活了。仔細想想，家裡只有母親曾經來過。既然最難應付的母親都來過了，還有什麼理由拒絕其他人呢？於是，她立刻回訊息給哥哥：

「隨時都可以，方便的時候就來吧。」

不久，玲奈就打電話來了。

「爸爸傳訊息給我，所以我直接打給妳。」

「這樣啊。大家都過得好嗎？」

「嗯，大家都很好。」

「那妳打算什麼時候來？」

「可以去嗎？」

「可以啊。不過，來了可能會嚇一跳哦。」

「為什麼？」

「因為冬天房間裡會下雪，夏天則會被蚊子大軍襲擊。」

「咦？真的嗎？太誇張了吧。」

玲奈天真地大笑。京子心裡暗想：

（是真的啦。）

一邊將手機緊貼耳朵。

「那就二十六日？」

「嗯，好啊。」

「約什麼時間好呢？」

「不如一起吃午餐？十一點半怎麼樣？」

「啊，好，就這麼定了。呵呵呵，真期待啊。」

京子告訴了玲奈車站的出口，還補充了一句：

「總之，別對我的房間抱太大期待哦。」

玲奈天真無邪。讓京子想起自己也曾有過那樣的時光，掛斷電話後，她回憶起那時與母親的關係，自己只記得每天都要聽母親唸叨，但現在再想那些事已經沒有意義了。畢竟自己不可能回到當年，而現在離開母親後的生活反而變得更好。

即使玲奈要來，也沒什麼需要特別準備的，京子只是像往常一樣打掃了一下。不過和平時不同的是，她多插了幾枝花，為冷清的房間增添了一點色彩。她穿上那件最喜歡的印花上衣，配了一條稍微改短的窄版卡其褲前往車站。站前已經擠滿了等待和家人朋友會合的人群。玲奈站在京子告知的出口處，四處張望。一看到京子就高興地跳著揮手。

「抱歉，等很久了嗎？」

「沒有很久啦，京子姑姑的衣服好可愛哦。真不錯。這裡人好多啊，跟我們家那邊很不一樣。」

她顯得興致勃勃。

「要吃什麼呢？這附近有不少受歡迎的咖啡館哦。」

玲奈一邊四處張望，一邊從包包拿出一張雜誌剪報說：

「嗯，我想這家應該不錯。」

報導中的那家店看起來有些眼熟。

「啊，這家應該在後面的小巷裡。我散步時見過。」
「哇，原來妳平常都在這些地方吃飯啊。」
「哪有，只是簡樸地自己做飯而已啦。」
「自己做飯啊。不過這樣也好，省下了不必要的餐費。」
意想不到的詞彙讓京子笑了出來。
「餐費？妳是怎麼了。怎麼會想到這個？」
「也沒什麼啦。因為上了高年級後，媽媽要我把零用錢記帳，從那時起就習慣了，所以會在意啊。」
「哇，好厲害喔。我從來沒有記過帳耶。」
「就是說啊，根本就不需要記帳吧。自己記得就好啊。」
「話是這麼說啦，不過如果會記帳的話，還是記比較好哦。」
「是這樣嗎？」
「當然啊。雖然覺得自己有在掌控支出，但其實還是會不知不覺亂花錢。媽媽幫妳養成這個好習慣，應該要感謝她才對。」

「喔——是這樣嗎……」

玲奈一邊這樣說，視線卻到處飄移。畢竟車站周邊有許多讓年輕女孩忍不住想進去逛的藥妝店和各式各樣的商店，這也是理所當然的事。

「這裡有很多小店對吧。」

「嗯，好棒啊。住在這種地方，每天都像在天堂一樣。」

「這個嘛，也不一定。」

「一定很棒啊，肯定的。我家附近的情況妳也知道，根本沒有一間值得逛的店啊。」

「就算附近沒有，也可以去澀谷或原宿逛街啊，那不是也很開心嗎？」

「可是又不是每天都能去。而且妳看，我還得記帳呢。我們家對這些事也挺嚴格的。」

「這也是當然的啊。接下來妳跟圭都要繼續升學吧？在你們大學畢業之前，爸爸媽媽可是會很辛苦的哦。」

「學校老師也是這麼說的。」

「對吧？」

「然後啊，有個男生就說：『如果這麼辛苦的話，大家乾脆都別念書、不上高中和大學，這樣不是可以存很多錢嗎？』結果老師很尷尬。」

「哈哈哈，說得也是很有道理。」

兩人沿著車站前的街道朝咖啡廳走去。

「啊，就是那間！」

玲奈伸出手指著某個地方。

「希望有座位啊。」

京子只要在散步的時候看到某間店開始變得人潮洶湧，就知道一定是雜誌有介紹。原本生意還算普通的店，突然變得需要在門口排隊等空位。然而，這種熱潮通常不會持續太久，過一陣子後又會恢復原樣。很遺憾，露天座位已滿，不過店內中間的位置還有空位。

「這裡可以嗎？」

「嗯！」

玲奈馬上拿起桌上的菜單，興奮地開始猶豫要點什麼。

「這種地方，既不能跟媽媽來，也不能跟朋友來。幸好有京子姑姑在。」

「跟朋友也就罷了，但為什麼不能跟媽媽來？」

「嗯……總覺得我們的喜好有點不太一樣吧。」

玲奈數度歪著頭思索，最後決定點柳橙汁、天然酵母麵包雞肉三明治，甜點則選了藍莓醬鬆餅加冰淇淋。京子點了咖啡和同款三明治。至於鬆餅，她想說偶爾吃點這類東西也不錯，和玲奈點了一樣的口味。

當那位所謂的「帥哥服務生」，這裡應該稱作「男服務生」嗎？總之，當他端著餐點過來時，玲奈的表情是發自內心的開心。雞肉三明治製作得很精緻，味道也很不錯，玲奈吃得津津有味。但對她來說，最重要的還是甜點。鬆餅裝飾得十分精美，看起來完全是小女生會喜歡的那種款式，雖然很符合玲奈的氣質，但京子卻吃得很不好意思。

「看起來好好吃！我要開動啦——嗯，好好吃！」

京子不禁想，為什麼女孩子都這麼愛吃甜食呢？吃甜食臉上真的會露出幸福的表情。看著這樣的畫面，自己也不禁被感染，心情變得愉快起來。

「好羨慕啊，京子姑姑。妳每天都能在這些地方，吃這些美食吧？我家附近真的一間這樣的店都沒有耶！」

「可是每天吃這些，就算再好吃，肯定也會膩吧？」

「但是想吃的時候，馬上就能來這裡吃啊！」

「是沒錯啦……不過我並沒有那麼愛吃。」

「住在這裡的人不會特別想來吃，反而是住遠一點的人會更想吃啊……嗯，大概就是這樣吧。」

玲奈自顧自地得出結論，讓京子忍不住笑了出來。

「嗯？」

「我只是覺得，年輕真好啊。」

「京子姑姑，妳幾歲？」

京子老實地回答了自己的年齡後——

「哇——原來京子姑姑年紀這麼大了啊。對喔，妳本來就比我媽媽年長嘛。」

聽到這句話，京子有些失落。

「朋友的媽媽之中，還是有那種看起來特別年輕的人吧？」

「我朋友的媽媽倒是沒有，不過班上有同學的媽媽就是這樣。捲髮就是她的生命，身材也很好，感覺是在模仿蛯原友里呢。」

「是喔，那有像嗎？」

「嗯……雖然很努力在模仿，但總覺得有點令人尷尬。啊，這樣說話會被罵吧。」

看來她在家裡被教得很好。

「現在的媽媽們都很漂亮呢，大家看起來都好年輕，真讓人驚訝。」

「對啊，典型的歐巴桑雖然還是有一些，不過人數真的不多。」

對時尚充滿興趣的她們，接下來大概會持續觀察他人的外表一陣子吧。

「今天啊，我說要來找妳，結果奶奶超不高興的。一直不停地問我『妳一定要去嗎？』問了好幾次，真的很煩耶。」

「奶奶很囉嗦嗎？」

「嗯——她會一直問我有沒有好好讀書、要考哪間大學、要不要留學之類的問題，真的會一直問。」

「啊，原來如此。妳爸爸媽媽倒是不會特別囉嗦。」

「對啊，所以奶奶才會擔心吧，畢竟我是孫女嘛。但只是來妳家一趟而已，這樣也要管，真的好奇怪喔。」

「等妳到了我家，可能就會明白原因了。妳在電話裡不是聽說了嗎？」

「啊，對喔，說是會被蚊子大軍襲擊，還會在房間裡下雪對吧？」

玲奈忍不住竊笑。

「好期待喔——」

京子也開始期待，天真無邪的她，看到蓮花公寓會有什麼反應。

離開咖啡廳後，玲奈的目光立刻被街上滿滿的店鋪吸引住。古著、飾品、雜貨——一整排的店鋪她都很感興趣。她一走進小店就會驚嘆：

「這個好可愛，那個也好可愛！」

店員們也都年輕又親切，讓她感覺很自在。京子讓她隨心所欲地逛著。

「啊，對了！現在可不是在這裡閒逛的時候。」

玲奈卻突然像是想起了什麼似的，變得一臉嚴肅，從包包裡又拿出了一張雜誌剪報。

「京子姑姑記得生日的時候，送我的那款包包吧？那家店應該就在這附近。」

「啊，妳說那間店啊。」

京子邁開步伐，「京子姑姑什麼都知道耶，真厲害。」

玲奈帶著佩服的語氣這樣說。

「我只是因為太閒，整天到處散步而已啦。」

兩人沉默了一段時間。

「欸，妳真的什麼都沒在做嗎？」

「對啊，真的什麼都沒做哦。」

「那妳是怎麼過生活的？」

「我有存款啊，每個月按計畫提領固定的金額來過日子，就像領薪水那樣。」

「嗯……那是多少錢？」

「十萬日圓。」

「十萬日圓啊……」

她又沉默了一會兒，然後用成熟的語氣說：

「不過嘛，人生也是有很多種選擇的啦。」

「我是不建議別人這樣做啦。」

「但如果是我的話，就算有存款，也一定會把想要的東西一次買個夠，很快就花光了吧。妳能好好地克制自己耶。」

她似乎還是有稍微顧慮到姑姑的顏面。

「我以前也曾經瘋狂買過想要的東西呢。我覺得那種時期是必經之路。」

「說的也是啦，只會存錢也沒什麼意義，想要的東西還是要買。」

「妳可不能跟妳爸媽說，我說過這種話，不然他們會罵我的。」

「嗯，我會保密的。」

進到那家選品店後，玲奈的眼神閃閃發亮。這間店比剛剛逛的那些店更加個性化，品味也更獨特。不過，價格也相對偏高。

「這裡的東西每一樣都好棒哦！」

這家店裡擺滿了各式各樣連京子都忍不住心動的飾品和小物。

「妳看，很棒吧？我在雜誌上看到的時候，就覺得每一樣都好漂亮呢。」

玲奈最喜歡的是一條粉色系漸層的串珠項鍊，心形、花朵等造型的珠飾巧妙搭配在一起，散發出獨特的可愛魅力。真不愧是法國製，精緻得讓人讚嘆。

「八千日圓啊……」

這個價格以她的零用錢來說，恐怕有點吃緊。

「試戴看看吧？」

聽了京子的話，店員站到玲奈身後，幫她扣上了項鍊。粉嫩色澤襯托著她光滑的肌膚，顯得十分相襯。

「好好看哦，真的很適合妳。妳很喜歡吧？」

「嗯……可是……」

「我要這條項鍊，可以幫我包裝成禮物嗎？」

玲奈睜大了眼睛。

「不行啦，京子姑姑！爸爸媽媽會罵我的！」

「沒關係啦，這是我送妳的禮物。」

「可是……京子姑姑一個月只有十萬日圓可以用耶，這可是很重要的錢啊。這麼貴的東西，怎麼好意思讓妳買呢？」

店員似乎搞不清楚狀況，愣了一下，不過當京子再次強調：

「我要送禮用的。」

店員便露出微笑。

「真的可以嗎？」

玲奈還是有些不好意思地問道。

「沒事沒事，別擔心。」

「謝謝妳——！我這輩子都會感謝妳的！」

玲奈一邊說著，一邊親密地摟住京子的手臂，把身體靠了過來。京子愣住了。她從來沒體驗過這樣的感覺。以前圭和玲奈還小的時候，京子偶爾會抱抱他們，但這樣年紀的女孩與自己如此親密接觸，還是頭一遭。雖然同性之間應該沒什麼大不了，但她還是覺得有點害羞。不過，如果對象是母親，自己可能不會有任何感覺，又或許會出現有別於現在的感受吧。

玲奈小心翼翼地雙手接過包裝好的禮盒，連連道謝。

「這款項鍊雖然可愛，但不會顯得幼稚，就算長大繼續戴也會很好看喔。」

聽到京子這麼說，玲奈小聲回應道：

「希望真的是這樣！」

京子越走越擔心。看到蓮花公寓時，玲奈會不會嚇一跳呢？會不會一看到就腿軟，甚至拒絕進房間？途中，京子在和菓子店買了幾塊當作茶點的櫻花白豆沙糕點和大福，邊走邊胡思亂想，不知不覺就到了蓮花公寓。

「就是這裡。」

玲奈望向建築物時，小夏正好從玄關走出來。

（還好是她一個人。）

京子暗自鬆了口氣。小夏依舊穿著民族風的服裝，不過今天看起來沒有那麼隨便。

「妳好。」

「啊，妳好！我要去打工嘍～」

她開朗地揮揮手，腳踩著涼鞋就離開了。

「她住在最裡面那間，聽說職業是『旅人』呢。每次打工存夠錢，就會出國旅行。」

「哇——」

京子正在開門的時候，熊谷女士剛好走了出來。她穿著一件時尚的印花上衣，搭配白色長褲。

「啊，妳好啊。」

「這件衣服，我一直都在穿喔。」

「妳願意穿，我也很開心呢。」

「這是我姪女玲奈，今天特地來玩。這位是熊谷女士。」
「啊，這樣啊。玲奈妹妹，真可愛呢。妳好啊。」
「妳好。」
玲奈低頭鞠躬。
「那妳們慢慢聊吧。」
熊谷女士抬頭挺胸，輕快地走出蓮花公寓。
「這件衣服是熊谷女士送我的喔。」
「哇，她很有品味呢。」
推開拉門，一看到屋內，玲奈就好奇地四處張望。
「還好吧？」
「嗯？什麼還好？」
「就是……這個房間，妳能接受嗎？」
「當然沒問題啊，這不是理所當然的事嗎？真是的，這是個正常的房間耶。我在電視上看過那些超窮的人的房間，那才真的誇張，但這裡整理得很乾淨啊。」

雖然她的比較方式讓京子有點失落，但至少玲奈不排斥這個地方，讓京子稍微安心了些。

「那我開窗戶嘍。」

草木的氣息飄進房內，鳥鳴聲也變得更加清晰。玲奈從窗戶探出身子說：

「啊，那裡有鳥巢耶！」

「是啊，這裡常常有各種鳥飛來呢。」

「哇，真不錯。啊！有貓！」

「現在二樓沒有人住，不過好幾年前，有隻貓偷偷溜進來生了小貓呢。」

「是喔——好可愛！好想看看小貓哦！」

京子泡了一壺日本茶，將茶壺和茶杯擺在小小的矮桌上。

「哇，感覺像在玩扮家家酒！」

玲奈興奮地說。

「是不是嚇到了？」

「咦？為什麼？」

「因為跟妳家的環境差太多了啊。」

「雖然不一樣，但我喜歡這裡耶。感覺每天都像是在森林學校一樣，過得很悠閒。」

「喔，是這樣嗎？」

「嗯。我好想這樣一直躺在床上發呆。」

玲奈仰躺在床上，望向天花板。

「天空好藍，葉子的綠色也很漂亮呢。」

「現在是天氣最舒服的時候啊。畢竟，這裡只有蚊子和大雪兩種極端氣候嘛。」

京子解釋蚊帳的構造之後——

「哇～原來是這樣啊。」

玲奈一臉敬佩地這樣說。

「京子姑姑每天都待在這裡嗎？」

「嗯，因為也沒有其他地方可以去啊。」

「這樣啊……不會膩嗎？」

「嗯……要說膩呢，好像也會膩；要說不膩，好像也不膩。畢竟，我已經不像年輕人那樣精力充沛。可能以前在公司上班的時候，就把能量都耗光了吧。」

「是喔──」

「玲奈和圭，未來還有很多事情可以做呢。」

「可是啊，有時候我會覺得，活著好像有點悲傷。」

京子心頭一震。

「為、為什麼這樣說？」

「因為啊，那些認真又善良的人，常常會莫名其妙地被殺害。就算拚命工作，也可能賺不到錢，沒有地方住，最後只能死去……」

「嗯，也是啊。」

「我有時候會想，長大真的會快樂嗎？」

「嗯——」

京子沉思了一會兒，然後說：

「人生確實有很多辛苦又討厭的事情，但也有開心的時候吧。我覺得最重要的是，找到讓自己開心的方法。雖然悲傷還是悲傷，但即便如此也不悲觀，而是努力活下去，這才是最重要的。」

「嗯……」

玲奈從床上爬起來，走到矮桌前坐下，端起茶杯喝了一口日本茶。

「好好喝喔。」

「要吃點點心嗎？還是妳已經飽了？」

「當然要吃啊，還有空間，完全沒問題！」

她一塊接一塊地吃著端上來的和菓子，一邊嘆氣一邊心滿意足地撫著肚子。

「呵呵，妳這樣子看起來，像個有三高的中年大叔呢。」

玲奈靠在牆上，雙腿隨意地在榻榻米上攤坐。

「這裡感覺真的很好呢。」
「是嗎？」
「感覺能夠順暢地呼吸，身體好像也變得輕鬆了。」
「妳家裡不是也很舒適嗎？」
「我原本也這麼覺得的，但這裡的感覺完全不一樣……就是，怎麼說呢，能夠真實地感受到自己在呼吸。為什麼外婆那麼討厭這個地方呢？」
「她說這裡很髒。」
「才沒有呢，打掃得很乾淨啊。」
「可是，廁所跟淋浴間都是共用的。」
聽到這句話，玲奈的表情顯得猶豫。
「京子姑姑，我可以再來玩嗎？」
「當然可以啊，想來的時候隨時都歡迎喔。」
「我真的很喜歡這裡，雖然說不上理由，但就是有一種……真的有人在生活的感覺。」

京子感覺胸口的鬱悶瞬間消散了。與年齡無關，世界上又多了一個理解自己的人，這讓她感到開心。接下來的時間，兩人並沒有特別繼續交談，只是靜靜地待在房間裡。然而，即使沒有對話，氣氛卻一點也不尷尬，也不需要音樂。時間越長，京子越是感受到自己的身心漸漸融入這個房間，彷彿再也無法從這片寧靜之中抽離出來。

春日
ハルヒブンコ
文庫
170

蓮花公寓：三坪生活的幸福練習

れんげ荘

蓮花公寓：三坪生活的幸福練習/ 群陽子作；涂紋凰譯. -- 初版. -- 臺北市：春天出版國際文化股份有限公司, 2025.07
面；公分. -- (春日文庫；170)
譯自：れんげ荘
ISBN 978-626-7735-14-5(平裝)

861.57 114006944

ISBN 978-626-7735-14-5
Printed in Taiwan

作者	群陽子
譯者	涂紋凰
總編輯	莊宜勳
主編	鍾靈
出版者	春天出版國際文化股份有限公司
地址	台北市大安區忠孝東路4段303號4樓之1
電話	02-7733-4070
傳眞	02-7733-4069
E－mail	bookspring@bookspring.com.tw
網址	http://www.bookspring.com.tw
部落格	http://blog.pixnet.net/bookspring
郵政帳號	19705538
戶名	春天出版國際文化股份有限公司
出版日期	二〇二五年七月初版
定價	370元
總經銷	楨德圖書事業有限公司
地址	新北市新店區中興路二段196號8樓
電話	02-8919-3186
傳眞	02-8914-5524
香港總代理	一代匯集
地址	九龍旺角塘尾道64號 龍駒企業大廈10 B&D室
電話	852-2783-8102
傳眞	852-2396-0050